Victor Vasconcellos

Quatro dias
NA VIDA DE
JOEL

Rio de Janeiro
3ª edição | 2023

oficina
raquel

Victor Vasconcellos

Quatro dias
NA VIDA DE
JOEL

© **Victor Vasconcellos, 2023**
© **Oficina Raquel, 2023**

Editores
Raquel Menezes e Jorge Marques

Assistente editorial
Philippe Valentim

Revisão
Oficina Raquel

Capa e diagramação
Daniella Riet

Ilustrações da capa
Canva Design – Canva.com
[menina por Carolina Poma; menino por Razz Co.; cenário por Red-Hawk]

DADOS INTERNACIONAIS PARA
CATALOGAÇÃO NA PUBLICAÇÃO (CIP)

Vasconcellos, Victor.
    Quatro dias na vida de Joel / Victor Vasconcellos. – 3.ed. – Rio de Janeiro : Oficina Raquel, 2023.

    188 p. ; 20,5

    ISBN 978-85-9500-081-0

    1. Ficção brasileira I. Título.

                                CDD B869.3
                             CDU 821.134.3(81)-3

Bibliotecária: Ana Paula Oliveira Jacques / CRB-7 6963

www.oficinaraquel.com.br
@oficinaeditora
oficina@oficinaraquel.com

Caro leitor, cara leitora,

Em seu livro de estreia, o escritor Victor Vasconcellos, ao narrar as peripécias de Joel em seus embates internos e externos, traça um retrato dolorido e delicado da juventude. Entretanto, ler **Quatro dias na vida de Joel** não é uma experiência triste ou desagradável: isso porque sobrevém uma leveza inusitada da história, que acaba escorrendo por suas bordas. Esse fato advém de uma construção narrativa admirável, na qual sobrevém a ternura que o autor dedica às suas personagens. Essa mesma ternura acaba se espelhando na recepção da obra e vai daí que não será surpreendente se você, no decorrer da leitura, sentir uma imensa empatia por Joel em todos os seus revezes vividos.

Enquanto estiver lendo **Quatro dias na vida de Joel**, atente especialmente para a habilidade no tratamento que o autor dá às categorias narrativas de tempo e espaço. Embora, como o próprio título já anuncia, a história se passe num período temporal muito restrito, observe como essa categoria adquire um caráter muito mais amplo, principalmente em função da predominância do tempo psicológico no livro. Por outro lado, Joel, em apenas quatro dias, atravessa a cidade e descobre alguns de seus recônditos, ao mesmo tempo em que passa por um importante momento de autodescoberta na vida. O mundo da personagem se transforma a partir do mundo que encontra. Relacione esse fato com a imagem que domina a capa da obra. Que camadas de leitura podem advir da figura do trem? Como o ambiente onde vivemos influencia a formação de nossa personalidade?

Acompanhar Joel em sua trajetória de quatro dias é não apenas se deliciar com o prazer de uma história bem contada, mas também refletir acerca de resiliência, coragem, amadurecimento e empatia. Vida, enfim.

Boa leitura!

Capítulo 1

Ao olhar para a pele que saía no canto de sua unha no dedo médio de sua mão, Joel tinha esperanças de que aquele seria o gatilho da dor procurada. Sabia que aquilo arderia um pouco mais tarde, no momento da esfoliação, no banho, e, por isso, se agarrou à ideia de que, então, sofreria e poderia superar a dor que ainda nem tinha vindo. Pegou o maço de cigarro que havia comprado e colocou o polegar em cima do B: "Maloro", "mal', "oro", pensou em algum jogo de palavras que o acalmasse, mas nada veio. Tossiu mais uma vez, a quinta, e ainda estava em seu primeiro cigarro. Seu pai havia saído de casa e Joel sabia que alguma hora a dor sairia incontrolável. O grande problema: até ali, desde o dia anterior, Joel não sentia nada. Só o incômodo da fumaça do cigarro. Essa pele do canto da unha poderia ser a solução, se não fosse tão pequena e se ele já não tivesse 18 anos, idade suficiente para saber que nenhuma cutícula o salvaria da depressão, esse animal que o assustou durante toda a vida.

Levantou-se, foi até o fundo do bar, jogou o cotoco do cigarro no chão. Lavou a mão, sentiu a pele arder um pouco. Olhou os poros do rosto. Alguns pontos pretos. Não era bonito nem feio. Nem demasiadamente branco ou negro, rico ou pobre. Existia. Olhou para o ralo, viu um tufo de cabelo. Pensou imediatamente que aquilo era nojento e ridículo e pensou também que sua primeira noite de cigarro e bebida sofrendo, na verdade, era um evento patético num bar do Centro do Rio de Janeiro, um evento pago com dinheiro dado por ela e que sua dor mais profunda tinha sido uma cutícula arrancada, que seu contato visual mais demorado, naquela noite, tinha sido com aquele tufo de cabelo asqueroso, e que seu pensamento mais profundo era de que existia. Cuspiu na pia e esperou o cuspe escorregar até o ralo e bater no tufo de cabelo. Era nojento mesmo e não sentia nada. Desistiu. Deu meia volta, olhou ao redor, viu duas mulheres altas e lindas, encarou com alguma esperança. Nada. Saiu do bar. Olhou em volta. Olhou para o céu. "Talvez a poesia me salve", pensou. Gostava das aulas de Literatura, quando havia só interpretação de textos legais. Os únicos versos que vieram foram os dois primeiros de "Há tempos", do Legião: "Parece cocaína,/ mas é só tristeza". Não havia nada. Lembrou que não conhecia nenhum poema, versos mínimos, de cabeça. Olhou para a ponta do sapato e chutou uma tampinha de cerveja para o meio da rua. O carro passou por cima e amassou a tampinha. Ouviu uma risada alta familiar. Olhou para trás e, na esquina depois dos arcos, viu a garota nova do 1º ano bêbada. Ela tinha chegado ontem e ficou rindo para todos. Não deu importância. Precisava sofrer, amplificar tudo para a dor passar. Na verdade, odiava ter que passar por isso, ainda mais em seu ano de ENEM. Por isso, era fundamental acelerar o processo de dor, para superar logo. Concentrar-se na sua escolha.

Andou até a esquina contrária ao riso. Aquele riso era irritante. Sacudiu sua cabeça e tentou se concentrar em sua cutícula. Era ridículo aumentar a dor a partir daí. O problema é que sabia que a dor viria. Desde o seu primeiro término de namoro, sabia que tinha que sofrer e, quanto antes sofresse, melhor. No ano de seu vestibular era sacanagem. Entendia os motivos dele, é claro que entendia, ou queria entender. As coisas, em casa, estavam insuportáveis há, pelo menos, cinco anos, após outros cinco anos somente ruins. Ela não saía da cama, em alguns dias da semana. Não havia nada que seu pai fizesse ou propusesse: viagem, show, churrasco. Ela só respondia com a voz grave e o olhar perdido, algum muxoxo incompreensível que dizia tudo: não faríamos nada. Era impossível algo além do abandono, da partida dele. Era óbvio demais, mas no ano em que ele não fazia a menor ideia do que escolher, era difícil demais.

A voz estridente da Caloura novamente o irritou. Que insuportável era aquele grito no meio da solidão. Deu um pique e chegou à outra esquina. Viu um travesti e o mau humor diminuiu, se equiparou ao estranhamento. Pegou o celular para ver se alguma mensagem o salvava daquela solidão. Nada havia. Umas nuvens baixas percorriam a Mem de Sá. Ele não estava à vontade ali, era a primeira vez. Decidiu voltar para casa. Sentou e resolveu esperar o ônibus. Aquelas duas doses estavam pesando um pouco em sua cabeça. Ele teria que voltar, entrar em casa e sentir aquele ar sombrio, aquele ar que drenava suas energias e o deixava incapaz de escolher qualquer caminho que não fosse a sobrevivência. Um casal bêbado discutia alto em uma rua deserta. A mulher gritava de maneira estridente e o homem só ria. Caos, mas algo que poderia muito bem ser a representação do ambiente de sua casa.

Viu seu veículo, levantou e estendeu o braço. Ele pesou, assim como pesou subir os degraus e olhar todos com cara de zumbis. Mexeu no bolso e tirou as notas amassadas antes de o ônibus arrancar de modo assassino. Havia uma garota bonita ali. Encarou, mas não obteve resposta. O olhar dela estava perdido. O decote era chamativo, mas não havia chance de contato visual. Sentou em cima da roda e o primeiro buraco o fez pular. Não entendia por que sempre escolhia aquele lugar. Olhou pela janela e percebeu que já estava no Estácio! O motorista era mesmo um assassino, um psicopata que tinha que ser detido. O vermelho das paredes da escola de samba o lembraram sangue. Olhou novamente e viu um homem urinando na parede da escola, tossindo. Na praça, um cachorro corria até a esquina e voltava. Sentiu vontade de gritar "mijão", mas um tranco do motorista louco o impediu e a sensação de nada o anestesiou. Viu então aqueles prédios antigos e pensou em quantos assassinatos já não tinham ocorrido ali. Rapidamente o ônibus chegou à Tijuca e ele viu as praças desertas e os meninos negros daquele lugar. Todo o ar fantasmagórico que aqueles garotos conferiam ao lugar o lembraram de sua própria solidão e de sua falta de escolhas. Já não teria dinheiro para fazer PUC, por exemplo. Precisava ver onde ele iria para planejar sua escolha. Se ele pudesse, faria Música e Design de jogos ou Desenho Industrial voltado para a computação. Pensou que Guitar Hero, na verdade, era o elo de suas duas profissões. Riu daquilo e lembrou-se de GTA V, Call of Duty, os tiros, ah, os tiros. Gostaria de, naquele momento, jogar videogame no telão do Maracanã ao seu lado. Essa ideia absurda o animou um pouco, até a parada brusca do ônibus assassino em frente ao sinal da Uerj. Lembrou, então, que ali ficava a famosa Faculdade de Direito. Direito era o tipo de carreira boa apenas em tese. Pensava naqueles advogados de filme, tão articulados, espertos, confiantes. Olhou para a sola do seu sapato e percebeu que algum cachorro havia construído uma armadilha nas ruas da Lapa. Aquela imagem definitivamente acabou com as chances do Direito em sua vida. Além do mais, aquele prédio era feio, cinza, apesar de achar que aqueles bares em frente renderiam belas histórias, engraçadas como os casos do seu tio, que pegou geral na faculdade. A imagem de seu tio e de seu pai, juntamente com a visão da Mangueira, jogaram a consciência de Joel de volta para o pensamento de que aquela leveza era essencialmente enganosa. Havia, na partida de seu pai, pólvora capaz de fazer nascer dentro dele aquele demônio, o mesmo demônio que habita sua mãe. Tinha gostado daquela expressão que havia encontrado na internet quando pesquisara sobre depressão: "demônio do meio-dia". Odiava mesmo era o olhar da sua mãe e a sensação de que aquilo sugava as energias dele. Como ele iria, então, escolher a profissão de sua vida, se ele não tinha energia para sobreviver ao seu dia a dia de escola técnica? Já sabia que o técnico tinha ido para o saco. Não é que não gostasse de Matemática. Esse era inclusive um clichê falso. Matemática é, na verdade, a melhor parte de qualquer curso de exatas. Ela era previsível, óbvia e até divertida, quando minimamente entendida. O problema das ciências exatas sempre foi o dilema de como viver com isso por oito horas por dia. Não podia fazer medições, soldar fusíveis e planejar circuitos por, pelo menos, oito horas por dia e durante cinco dias na semana. Tempo livre era uma variável importante. Como jogar o GTA X quando ele viesse? Como fazer a quantidade de sexo que ele com certeza faria aos 26 anos se trabalhasse durante oito horas por dia em uma profissão essencialmente masculina? Provavelmente ganharia algum dinheiro, mas sabia que estaria vendendo seu tempo. Lembrava-se sempre de uma frase de *Cidadão Kane*, aquele filme obrigatório para cinéfilos, porque espantava quem não fosse: "não é difícil ficar rico se esse é seu único objetivo na vida". O filme era chato, mas havia entendido desde então que a principal variável em jogo não era dinheiro. Era tempo.

A 24 de Maio estava escura como sempre, vazia como nunca. Parecia a versão suburbana de filme de velho oeste. Joel não gostava desses filmes, mas a imagem e a metáfora eram boas demais. O supermercado que havia ali estava fechado e com as portas completamente pichadas. Uma visão que logo se transformou em vulto com a gana homicida do motorista Taz-Mania. O viaduto próximo a Sampaio surgiu e logo dava para perceber que ali o perigo anda de mãos dadas com a normalidade. Três senhoras de aproximadamente 50 anos desciam o viaduto deserto e escuro rindo alto e de maneira despreocupada às 3h15 da madrugada de uma segunda! Como seria possível? Padaria! Joel sabia que aquelas mulheres deveriam trabalhar em alguma padaria para estarem saindo naquele momento. Enquanto a imagem de uma padaria genérica brilhava, o ônibus apostava corrida com o trem imaginário. Costear a linha do trem já conferia mais familiaridade aos olhos de Joel. Ele já não sentia mais o ar pesado de antes.

Graças à pressa diabólica do motorista, a sensação de pertencimento tinha chegado em poucos minutos. Isso o fez pensar em como o Rio de Janeiro não era de forma alguma a cidade do encontro. As diversas vezes em que a cidade falsamente o chamava para um lugar de sensações desconfortáveis eram a prova de que a cidade maravilhosa deveria ser conhecida como cidade armadilha. A 24 de Maio, a sua casa, a sala 5 do cinema de Botafogo na Rua Voluntários da Pátria e a praia de Ipanema eram seus quatro locais favoritos na cidade. Se bem que praia era discutível, talvez fosse só mais um clichê absorvido inconscientemente.

Ao subir a 24 de Maio na altura da Lins de Vasconcelos e pegar sua retenção onipresente, Joel percebeu o quanto estava cansado, o quanto seu corpo pesava e o quanto isso tudo iria acabar com sua disposição na aula de Geografia na manhã seguinte. Aquelas grades no muro, que serviam como fronteira entre a pequena calçada e a linha do trem, conferiam sensação de familiaridade. Ele gostava do som do trem. Gostava também de andar em trens. Era sempre um tipo de solidão agradável, assim como a do ônibus vazio sem engarrafamento. As luzes da estação tornavam aquela parte do Méier amarela e fizeram Joel lembrar o momento em que leu a mensagem de seu pai:

Meu filho, deu para mim. Estou saindo de casa e vou para algum lugar. Te ligo quando chegar. Você sabe que eu tentei de tudo. Segura as pontas por enquanto. Depois conversamos.

A mensagem fez também com que ele sentisse novamente aquele fosso dentro da barriga. O pai era a tábua de normalidade em sua casa. Não havia outra forma de lutar contra aquela areia movediça. Depois daquilo, saiu da praia e foi direto para casa. Olhando pela janela e vendo a apresentação feminina de Jongo do Leão, Joel se lembrou já, naquele dia, durante a tarde, da tentativa de desentocar a dor. Não podia perder tempo no ano. Essa era a única forma de poder escolher com a cabeça mais equilibrada. O problema é que de novo não sentia nada de dor, além do vazio aberto. Ao chegar em casa depois da praia, Joel se trancou no banheiro e ficou se olhando no espelho. Observou os poros de quem já teve muita espinha. Notou também as pálpebras levemente caídas e sentiu o resto de areia no pé. No ônibus, voltando para casa, na madrugada, já em frente às Lojas Americanas da Dias da Cruz, Joel se lembrou do banho naquela mesma tarde. Na decisão de começar a fumar. Imediatamente apertou o bolso e sentiu a presença de seu primeiro maço de cigarro. Não havia gostado propriamente do sabor, mas do movimento. Um cansaço incontrolável se abateu sobre seus ombros e Joel adormeceu por dois minutos.

Ao abrir os olhos, consultou o relógio do celular e percebeu que só teria três horas de sono quando chegasse em casa. Olhou pela janela e o ritmo suicida do motorista continuava. Pensou que aquela parte interna do Méier era desconhecida até para ele, que morava por ali desde que nascera. As casas eram bonitas, mas não sabia exatamente como sair dali sem ônibus. Pensava o mesmo sobre sua vida naquele momento. Sabia que a partida de seu pai era uma possibilidade real. Na verdade, sabia que ela aconteceria de qualquer maneira, que sua mãe na verdade queria aquilo há anos, não era possível! Viu então a estação do Engenho de Dentro, enorme, escura, melancólica, pensou. Gostava de pensar nessa palavra. Ela parecia capaz de dar profundidade ao nada que sentia. Levantou cambaleando. Puxou a corda. Desceu, sentindo seu joelho doer um pouco. Atravessou a rua e olhou o posto escuro. Lembrou quando tinha voltado de madrugada com Joana e a tinha encostado naquela parede do lava-rápido. Era uma cena excitante de se lembrar, mas foi muito sem graça quando vivida. Joana era bem sexy, mas sua postura muito ativa no flerte o incomodou e o tesão foi diminuindo. Olhou para a esquina e resolveu dar um pique para chegar logo em casa. Virou em sua rua e começou a olhar para as imperfeições da calçada enquanto corria. Queria ser engenheiro só por uma calçada melhor, mas fazer aquilo todo dia o aterrorizava. Avistou os arcos do Engenhão. Gostava de lembrar que estava perto de muitos jogos de futebol. Gostava de seu portão e entrou devagar, para não fazer o portão ranger. Abriu a porta da frente e passou pela sala escura. Sentiu seu cansaço triplicar por causa da atmosfera da casa. Subiu as escadas de dois em dois e chegou em seu quarto. Tirou a roupa rapidamente, ficou só de cueca e foi tomar um copo de água antes de desabar. Passou pelo corredor e ouviu uma voz: "Joel?". Aquele som arrastado e tedioso arrebentou a represa interna de ódio que Joel tinha dentro de si. Respondeu com uma voz rancorosa: "Arrã!". Não houve resposta. Joel então pensou que talvez ela estivesse indisposta. Pensou também que os comprimidos estavam acabando. Pensou por último que infelizmente depressão não mata. Lembrou de quando viu *Fargo* em uma sessão especial e desejou um machado. Besteira. Queria apenas dormir, fazer o tempo passar, escolher uma profissão e fugir dali.

Capítulo 2

Depois de ter acordado atrasado, ter perdido os dois primeiros tempos de Geografia e de sentir tudo doer no corpo, Joel entrou em sala, encaminhou-se para o lado oposto ao da porta e colocou sua leve mochila em cima da mesa. Procurou Leo e tomou um susto com os braços grandes em seu pescoço.

– Rapaz, sua cara está péssima. Por que tu não me atendeu?

– Eu já te falei 300 vezes que estou sem internet fora de casa e, mesmo que tivesse algo, ontem eu não estava a fim de ver esses cornos horrorosos.

– Que delícia, Manolo. O que houve?

– Meu pai finalmente saiu de casa, minha mãe está na mesma e eu ainda não tenho a menor ideia do que eu faço da vida.

– Cara, você tem que aprender com o mestre: um problema de cada vez.

O professor de Matemática entrou com o passo rápido em sala, deixou sua pasta em cima da mesa, desculpou-se pelo atraso e foi direto para o quadro. Após recomeçar a matéria de funções com uma introdução rápida, o professor passou quatro exercícios de construção de gráficos e se sentou para corrigir os testes que havia aplicado na semana passada. Joel percebeu que seria daquelas aulas em que o professor olha para o relógio mais do que o aluno e decidiu acabar logo o exercício para voltar a olhar o cabelo gosmento de Leo, porque, naquele dia, parecia que ele estava de bom humor. Desenhou os quatro gráficos com certa facilidade e percebeu que o professor nem tinha se dado ao trabalho de elaborar melhor o exercício. Aquilo o irritou um pouco, mas resolveu também não perder tempo e se virou:

— Fala, mongoloide.
— Rapaz, sabe a Caloura, aquela que chegou há pouco tempo? Então, ontem barbarizou na Lapa com o Nelsinho. Ele diz que fez um estrago.
— Eu a vi. Fui lá ontem. Nem reparei no Nelsinho.
—Tu foi lá ontem? Com quem, Manolo?
— Só para lembrar que Manolo é o filho da sua avó com o seu pai. Fui sozinho para não ter que ouvir "Manolo" a noite inteira.
— Você está uma delícia de amizade hoje, hein? Mas Nelsinho ficou fascinado com o corpo dela. Ele falou disso durante meia hora hoje.

Imediatamente Joel lembrou que os dois últimos tempos eram de Educação Física, que era realizada em conjunto com os alunos do 1º ano. Lembrou dos micro-shorts das meninas e ficou quase ansioso para analisar a Caloura. Olhou para o professor e reparou que agora ele estava lendo *Marley e eu*. Achou a cena patética demais e decidiu que professor ele não seria, e professor de Matemática nem se pagassem. Voltou a olhar para Leo e teve quase raiva da leveza de seu semblante. Com uma vida tranquila, com pais relativamente atenciosos e presentes, tudo parecia mais fácil para o amigo, que não tinha grandes questões: acordava com facilidade e dormia do mesmo jeito. Pensou, então, que era pelo tipo de sono que seria possível definir o nível de problemas das pessoas.

— Cara, Nelsinho também tem uma boca de caçapa do demônio. Fala demais. É um arroz de festa que valoriza demais quando simplesmente encosta em alguém.

— Manolo, você tá a fina flor da agressividade. Metáfora debochada com amigo era o que faltava. Estou orgulhoso.

— Exagerei. Mas esse cara é um otário.

— É. O vídeo que ele vazou da Sofia foi ridículo.

— Ela deu mole, mas ele foi um mega otário na situação. Gravou ainda só a calcinha. Muito arroz.

— É. Agora, essa Caloura tem que saber desse nível atômico de otarisse...

O professor, de repente, levantou-se para corrigir o exercício. Pegou um giz branco e dois esquadros e rabiscou quatro gráficos no outro lado do quadro. Joel reparou a chave balançando no cinto do professor, reparou também que a mancha de suor nas costas da camisa era nojenta, mas pensou que pelo menos ele trabalhava, vivia e tinha uma família, provavelmente. Direcionou o olhar para a mão esquerda dele que estava colada ao quadro, apoiando o esquadro. Observou a aliança de prata e pensou como seria a vida daquele professor. Pensou que, depois das aulas do turno da manhã, ele chegaria em casa, tomaria um banho e tiraria um cochilo. Depois se levantaria, leria um trecho de *Marley e eu*. Brincaria rapidamente com seu cachorro, aquele que achara na rua uma vez.

Depois sairia para pegar seu filho em sua escola-cursinho, afinal o garoto tinha que se tornar um médico, engenheiro, advogado. Chegaria em casa, jantaria com a mulher e depois dormiriam. Joel pensava que aquela vida era completamente diferente da sua, mas sentiu a prisão dessa rotina sem história. Poderia ser o cotidiano de um homem de 30 ou de 60 anos. Pensou que seu professor de Matemática poderia ter 30 ou 60 anos. Essa vida sem diferença o assustava. Ela poderia ser comparada à depressão de sua mãe. Um cotidiano que suga energias, sem grandes realizações, sempre o desejo daquilo que não se tem. E novamente a dúvida da profissão o afligiu. Como escapar disso? Como afinal viver algo que o faça ser diferente daquilo que ele já tem?

O sinal soou e a turma se levantou imediatamente. Joel lentamente, sem nenhuma pressa, recolheu seu caderno, seu lápis preto e seu estojo, desamarrou a corda que fechava sua mochila e mais calmamente ainda voltou a puxar a corda para fechar sua mochila. Parou e olhou pela janela um instante. A sensação real de que ele não tinha saída mais uma vez tomou conta de todo o seu corpo. Os joelhos doeram. Virou para a porta e viu Leo esperando.

– Não tem pressa não, Manolo. Você tem a vida toda ainda para chegar nas quadras.

– Cara, agora que eu estou reparando. Seu cabelo está ridículo. Parece uma peruca. Você não tem vergonha?

– Rapaz, a imensa inveja que você tem da minha vitrine, do meu talento natural, que é a minha beleza, é impressionante.

– Meu Deus do céu! Tua mãe te ama muito mesmo.

Joel então percebeu que, após essa fala, Leo olhou sem graça. Percebendo a compaixão, Joel se irritou e se fechou. Não havia nada dito explicitamente, porém não havia mais nada a se dizer. Os dois foram andando em silêncio pelo corredor até a escada. O prédio do colégio era muito extenso e alto. A parte de Educação Física era relativamente distante da sala de aula. Joel começou a observar as árvores esparsas do prédio. Notou como elas eram grandes e velhas. Pensou que aquilo tudo era antigo. Pensou em quantas pessoas já não tinham sentado naqueles bancos. Olhou para o lado e observou Leo acenando para um grupo de amigas. Gostou, então, daquela sensação.

Ao entrar no vestiário, pegou sua bermuda, que estava amassada e ainda úmida, retirou sua calça e vestiu tudo olhando para a parede. Depois saiu olhando de relance os corpos nus de seus amigos. Entrou na quadra e olhou as meninas do 1º ano. Umas mais bonitas do que as outras, tudo normal, pensou. Lembrou-se da Caloura, das observações de Nelsinho que chegaram ao ouvido de Leo. Procurou a menina rapidamente, porque adorava o uniforme feminino de Educação Física do colégio. Não a viu imediatamente. Sentou na arquibancada para amarrar os sapatos e ficou olhando o teto todo furado da quadra. Olhou para o portão de entrada e viu Caloura entrando. Para sua surpresa, ela estava com uma calça de malha larga e estranha. Nunca tinha visto algo parecido em seus três anos de colégio. O shortinho era lei e deveria ser respeitado. Quando alcançou o rosto da Caloura, reparou que ela estava olhando diretamente para ele com um olhar gélido. Ele automaticamente desviou os olhos para um ponto fixo na tabela de basquete. Essa necessidade de desvio o irritou muito. Não gostava de ficar em uma situação tão desconfortável de maneira repentina. Apertou os dentes de raiva e resolveu dar um pique até Leo, que estava se alongando na outra extremidade da quadra e conversando com Neto e Teo.

– Manolo, você está vermelho. Estava falando aqui com nosso querido e feio amigo Neto sobre a perturbação da ordem que essa calça horrorosa da Caloura está provocando.

– Uma lástima. Depois de toda a propaganda de Nelsinho, essa decepção. – confirmou Neto com aquele ar debochado que irritava.

Nesse mesmo momento, Joel se sentiu um imbecil. Todo mundo estava esperando pela mesma coisa. Todos os caras do terceiro ano queriam ver a Caloura de shortinho em seu primeiro dia de Educação Física. Pensou imediatamente o quanto era previsível e comum. Talvez seu destino fosse lecionar mesmo. O professor apitou e disse para todos correrem em volta da quadra. Joel tinha preguiça de começar a correr, mas, quando o exercício já estava acontecendo, a adrenalina de piques alucinadamente rápidos o agradava. Ele amava ver a quadra girando. Poderia não pensar em nada ou pensar em tudo enquanto acelerava. Em um momento percebeu um vulto rápido vindo em sua direção e se jogou para o lado para não esbarrar. Não tinha percebido que o professor havia dado ordens diferentes para as meninas. Elas deveriam correr na direção contrária à dos meninos. Era um tipo de exercício de coordenação, ele achava. Voltou a correr e a olhar as meninas de sua turma e do primeiro ano de frente agora. Viu

Martinha e seu lindo cabelo negro, Joana com suas pernas bem torneadas e, então, pensou que talvez sua vida fosse até boa, porque já tinha conseguido acariciar aquelas pernas. Olhou e se fixou na Caloura. Ela estava concentrada e, pela primeira vez, Joel percebeu que ela tinha olhos completamente escuros. Era mais baixa do que ele, mas era também mais curvilínea. De repente ela olhou para uma amiga ao lado e começou a rir, a mesma risada irritante que havia abalado Joel na noite anterior.

O professor parou o exercício e deu uma bola para as meninas jogarem vôlei e uma para os garotos jogarem futebol. Elas começaram a sair da quadra coberta para a rede de vôlei que ficava na parte externa do espaço de Educação Física. Joel, percebendo a oportunidade, foi direto para o monte de coletes que ali estavam e pegou o seu azul. Procurou a bola e a viu nas mãos do professor enquanto ele conversava com a Caloura.

– Mas as minhas instruções foram bastante claras.

– Mas eu não estou dizendo que suas instruções foram obscuras. Estou dizendo que elas foram estúpidas.

– Oi?! Você perdeu a noção da realidade? Está maluca?

– Não. Por isso, pedi para jogar futebol e não vôlei. Qual o problema?

– Você chamou minhas instruções de estúpidas depois de eu falar tranquilamente com você. Não tem conversa depois dessa grosseria. Vai para o vestiário agora trocar de roupa, que eu vou resolver isso com você.

Joel percebeu, então, que o olhar da Caloura foi de um ódio profundo, quase homicida. Porém, ela deu meia volta e saiu andando devagar até o vestiário. Então, a quadra toda ouviu um estrondo. Ela havia batido violentamente a porta. Joel olhou para o professor e achou que ele iria correr até lá para uma nova discussão. Não foi o que aconteceu. Provavelmente, por ser novo, ele não quis aumentar o problema que já estava ocorrendo. Ao começar o jogo, Joel fez o que melhor sabia fazer na Educação Física. Correu muito. Deslocou-se pela quadra inteira, errou diversos passes, deu dois chutes para fora e fez um gol na sobra de uma bola. Nada demais. Seu time perdeu por 5x2 e teve que dar lugar para o time de fora. Sentou na arquibancada completamente suado. Aquela correria fazia bem a ele. Podia esvaziar a cabeça. Em alguns momentos, acreditava que um dos seus grandes problemas era pensar demais. Conseguiu ver quando a Caloura saiu do vestiário vestida com sua calça jeans rasgada na altura do joelho e o professor começou a acompanhá-la provavelmente até o setor pedagógico. Aquilo causou um pequeno mal estar em Joel. Sabia que ela deveria estar se sentido envergonhada e provavelmente arrependida. Tinha sido muito explosivo falar com o professor daquele jeito na frente de todos. Agora ela talvez ganhasse uma suspensão no seu primeiro mês de aula, por causa do temperamento incontrolável. Perceber essas contradições na psicologia da Caloura fez com que Joel tivesse uma ideia sobre sua profissão. Ele poderia ser psicólogo. Isso, com certeza, seria muito útil em toda a sua vida. Ele já tinha um conhecimento prático com sua mãe deprimida. Ao mesmo tempo, isso o ajudaria a afastar seus próprios demônios, sua melancolia, a possibilidade de ficar igual a ela. Ele ainda teria o seu tão querido tempo com a possibilidade de deixar dias da semana livres para qualquer coisa. Essa ideia deu a ele um leve sopro de conforto. Na última partida, Joel já estava cansado e não queria mais correr tanto. Estava quase ansioso para chegar em casa e pesquisar um pouco sobre sua provável profissão e isso o desconcentrou. O time agora perdeu por 6x0, um senhor vexame, mas que em nada interferiu na autoestima de seus jogadores, que já estavam grandes o suficiente para não se importarem com a Educação Física. Foi com todos para o chuveiro e gostou da água gelada batendo em suas costas enquanto ele pulava loucamente para se aquecer um pouco.

Depois de se vestir, arrumou a mochila e foi correndo para o ponto de ônibus. Pegou o de sempre, junto com uma grande quantidade de alunos e subiu primeiro, porque tinha o dom sobrenatural de saber onde o ônibus iria parar no ponto. Pena que não dava para fazer muito com aquilo. Sentou-se na última cadeira para tentar ficar sozinho. Foi fazendo as contas de quem entrava e rezou muito para ninguém sentar ao seu lado.

Os minutos foram passando e a tensão aumentando. Seriam 40 minutos de trajeto, a diferença entre uma perna o imprensando e uma boa dose de reflexão sobre sua nova opção de carreira. Aos poucos, escasseavam as pessoas que subiam no ônibus. Tinha escolhido o lugar correto. Quase ninguém ia para o final do carro, porque a traseira balançava muito. Sabia que o ponto do colégio era o decisivo. Faltavam apenas duas pessoas. Elas entraram e referiram ficar em pé. Um misto de alívio e alegria tomou conta de Joel. Poderia sonhar com um consultório de psicologia.

O ônibus fechou a porta, começou um movimento quando se ouviu um estridente grito de "espera!". Naquele momento, Joel sabia que tinha se dado mal. Reconheceu a voz e o rosto diante do trocador. A Caloura foi andando e vagarosamente sentou ao seu lado na traseira do ônibus. Uma inicial fúria e uma posterior náusea invadiram Joel. Não acreditava naquilo! Aquela voz estridente agora era uma presença física que o apertava. Não lembrava de sentir um mau humor tão profundo. Resolveu segurar no suporte da cadeira em frente e se concentrar na nuca do outro passageiro. Essa concentração durou cinco minutos. De repente sentiu um cutucão em sua perna. Voltou para o lado.

– Menino atento, você poderia fechar as pernas só um pouco para eu poder me acomodar melhor?

– Uhum.

Joel voltou-se agora para a janela, mas ficou intrigado. Por que menino atento? Que garota esquisita. Meu Deus do céu. O mau humor aumentou uns 5%. Ficou remoendo aquela expressão. Passou pelo Maracanã e decidiu pensar no Flamengo. Não conseguiu. O timbre da voz e tom levemente sarcástico o estavam alfinetando. Abriu um pouco mais a perna em função disso. Mexeu nos cabelos, perdeu a concentração de vez e emendou:

– Por que menino atento?

– Deixa pra lá. Foi uma brincadeira. Vocês ficaram todos muito atentos quando o professor estava sendo meio babaca comigo.

– Ele não foi babaca. Você é que foi sem noção. – Joel retrucou. Não acreditava que ela não tinha feito autocrítica. Ela realmente pensava que a culpa era do professor. Desequilibrada.

– Sim. Claro. Que surpresa você pensar isso, menino atento.

– Garota, para de palhaçada. Como você chama o professor de estúpido na frente de toda a turma e acha que ele vai ficar quieto?! Você tem problemas?

– Cara, vocês são realmente incríveis. Você acha natural ele dividir a turma entre meninos e meninas e pedir para as meninas jogarem vôlei enquanto vocês jogam futebol?

– Nada demais. Os professores fazem isso porque está no programa. Metade da aula de exercícios psicomotores e a outra metade de execução de alguma modalidade.

– Entendo. Você é uma gracinha, mas nem percebe que é machista.

Essa acusação pegou Joel desprevenido. O que era mau humor logo virou fúria. Mas ele se conteve para não xingá-la. Percebeu o jogo psicológico dela, percebeu a manipulação e resolveu ganhá-la nisso. Estava acostumado com esse tipo de situação ridícula.

– Vocês feminazi são uma graça. Tudo agora é machismo. Você xinga os outros e isso é culpa do machismo. Um pouco de responsabilidade individual é importante na vida.

– Feminazi! Que palavra nova. Temos aqui um menino de rede social. Você é uma graça mesmo. Obrigado por confirmar seu machismo, menino. Achei que poderia estar sendo injusta com você.

— Machismo? Então me explica...

— Vou te dar um exemplo, então. Sabe quando os meninos ficam conversando sobre o corpo das mulheres, porque um fez propaganda? As meninas percebem isso, porque eles olham diretamente para o corpo delas.

Joel imediatamente sentiu a pele do rosto esquentar. Aquela resposta baixou seu nível de energia e de intensidade na briga. Percebeu que a oponente era melhor do que ele tinha achado em princípio. Ainda com a face vermelha, teve que ouvir a continuação do argumento.

— Isso é transformar a mulher em objeto, algo a ser apreciado. Isso é um exemplo de machismo. Outro é me colocar para jogar vôlei, enquanto eu queria jogar futebol.

— Então você está me dizendo que se você me chamar de bonitinho isso é opressão? Você estaria me objetificando...

— É mais complicado do que isso, menino atento...

— Claro, né. É sempre assim. Sempre que vocês ficam sem argumento a coisa é mais complicada.

— Você fica uma graça vermelho, mas fica meio babaca confiante. Vou ter que achar algo para te envergonhar para você ser tolerável.

— Você é muito agressiva.

— Menino, tenho que descer agora, porque moro aqui. Um abraço e veja *Foi apenas um sonho*.

— O que é isso?

— Um filme.

— Só mais uma pergunta. Você queria realmente jogar futebol com a gente?

— Claro que não!

Após essa resposta rápida, a Caloura deu um rápido pique e desceu do ônibus. Essa última resposta deixou Joel mais confuso. Que ela era meio desequilibrada Joel não tinha dúvidas, mas ele queria entender o motivo de ela realizar essa confusão com o professor. Por que ela pediu algo que não gostaria de fazer? Era o princípio? Ela era uma grande feminista em busca da igualdade em tudo, ou era só necessidade de atenção? Uma hipótese forte apareceu. Pelo diálogo, dava para perceber que ela já sabia que o Nelsinho tinha contado o encontro da noite anterior. Estava com certeza irritada e não conseguiu se controlar. Ou simplesmente quis aparecer para todo mundo. Porém, o tom simpático durante essa breve conversa o intrigava. Ele nunca tinha sido ofendido com tamanho carinho. Ele começou a imaginar a Caloura chegando em casa e chorando de raiva pensando no que Nelsinho tinha dito. Essa imagem, porém, não condizia com o que ele tinha acabado de presenciar. Ele estava muito confuso com aquilo. Ainda havia aquela indicação de filme. Pareceu que ela sabia de uma de suas paixões. Mexeu no bolso da frente da sua mochila. Pegou o celular, escolheu a pasta da Nação Zumbi com o polegar e começou a ouvir "O bico do beija-flor beija a flor, beija a flor" e aquilo o acalmou. Resolveu, quando já estava na Dias da Cruz, não parar em casa. O plano da Psicologia tinha naufragado por causa desse nó que acabara de tomar, ou, no mínimo, tinha ficado para depois. Para chegar em casa, teria que lidar com a mãe, e a conversa com a Caloura já tinha conferido loucura demais àquele dia. Resolveu permanecer no ônibus e ir até Água Santa. Lá, na rua 2 de Fevereiro, havia uma quadra, na subida do morro. Essa quadra tinha sido muito frequentada por Joel e seu pai durante parte de sua pré-adolescência. Ele gostava de dar uns chutes na bola enquanto seu pai agarrava. Joel jogava com os filhos de amigos de seu pai, que crescera por ali. Aquela quadra poderia dar o conforto de que Joel precisava agora. O momento nostalgia traria boas lembranças e um equilíbrio depois daquela conversa estranha com a Caloura.

Permaneceu no ônibus e começou a observar a fiação elétrica da rua ficar mais complexa. Talvez essa fosse a grande diferença entre o Engenho de Dentro e a Água Santa. Os fios emaranhados no segundo bairro não apareciam no primeiro. Joel observava isso e notava as pessoas passando na rua com sacolas de supermercado, sem grandes obsessões. A ideia de fazer Psicologia agora já lhe parecia algo pálido. Menos de duas horas depois, ele já tinha mudado de ideia. Era impressionante como isso acontecia com frequência. Ele queria fazer algo que lhe fornecesse o sustento, mas era preciso o tempo e o encaixe. Esse encaixe, essa sensação de "É isso!" nunca durou mais de um dia. Para os tios distantes que perguntavam, ele dizia Desenho Industrial. Essa era uma opção nem tão comercial, nem tão utópica. Isso acalmava as feras. Mas, na verdade, tinha desistido dessa ideia há um ano pelo menos. A sensação de encaixe tinha acabado. Ele sabia que precisava encontrar esse sentimento de comunhão perfeita. O problema é que agora tudo parecia mais difícil.

Com a ida de seu pai para outra cidade, ele não sabia, por exemplo, se teria as condições emocionais ideais para enfrentar esse questionamento. Poderia fazer o ENEM e deixar para escolher na hora, dependendo da nota de corte, a fim de fazer qualquer coisa e fugir dali. Essa era de verdade uma opção. Poderia não ter que morar com sua mãe. Ela teria que viver com a tia Nanda. Seria uma boa solução, porque ele poderia aproveitar sua faculdade com a liberdade necessária e sua tia daria todo o suporte. Tia Nanda e sua mãe não se davam particularmente bem, mas a necessidade seria capaz de unir famílias. Essa ideia de fuga o animou novamente. Sentiu como se estivesse encontrando o caminho, o encaixe, agora não na profissão correta, mas na situação perfeita. Poderia ir para o Nordeste. Lembrou de uma praia linda que tinha visto em um site de viagens em Natal. Dizem que as nordestinas amam os cariocas. Seria muito bom. A profissão ele poderia mudar depois, ora. Isso não acontecia com frequência no caso dos adultos? Essa ideia cresceu em seu interior. Poderia escapar da draga de energias em sua casa e, ao mesmo tempo, viver o sonho de uma vida nova onde seria muito valorizado. Sorriu com a cabeça encostada na janela do ônibus. Viu seu reflexo e lembrou-se de que tinha que descer no ponto da quadra. Estava quase em cima.

 Desligou o som do celular, pegou a mochila, ajeitou o cinto, puxou a corda e correu para descer. Agradeceu ao motorista e notou o poste na sua frente quebrado, caído de lado. Provavelmente algum carro havia batido ali. Andou um pouco mais. Havia uns dois anos que não ia ali. O bairro agora lhe pareceu muito mais sujo. Muitos sacos de lixo jogados e abertos no meio da rua. Os portões eram antigos e pouco pintados. Foi chegando perto da quadra e sentiu uma presença maior de pessoas negras na rua. Curiosamente tinha convivido na sua infância com os amigos do seu pai, mas só agora sentia esse deslocamento com relação à etnia. Sentiu saudades da facilidade da vida da infância e do sentimento de conforto. O cenário confuso fez com que ele se lembrasse da aula sobre a Guerra Civil espanhola. Lembrou de um quadro muito estranho do Picasso, nome engraçado. As gravuras eram confusas, havia um cavalo, um touro, todos com as feições de sofrimento. Havia um bebê morto. Aquilo deu a ele um calafrio. Andou um pouco mais e viu uma aglomeração. Entrou em uma pequena abertura entre as pessoas e viu um rapaz de joelhos aos prantos. Gostava dessa palavra: "prantos". Choro não dava conta do que ele estava vendo. O rapaz chorava muito. Joel esticou um pouco a cabeça e viu a cachorra nas mãos dele. Ouvia só uns gemidos: "Ela foi atropelada, não consegue mais ficar em pé". Estava morta. Aquela cena o entristeceu. Percebeu que tinha que sair dali urgentemente. Correu por 20 metros e chegou à quadra. Ainda com o peito pesado pela visão anterior, percebeu que seis meninos negros estavam jogando futebol em dois times de três. Observou que eles eram bons. Colocou sua mochila de lado e sentou no banco que havia ao lado da quadra. Respirou fundo três vezes e procurou a nostalgia para confortá-lo. Lembrou-se de seu pai e de suas corridas, de seus gols, dos abraços depois dos gols. Tentou sentir a saudade que conforta, mas só viu o seu peso no peito aumentar, sua dor se desenvolver. Ficou ainda mais triste. Percebeu que teria que fugir dali, daquela vida, de sua mãe. Talvez aquela fosse a dor que procurara no dia anterior. A ideia de fugir era tão correta que fez os pontos dele se ligarem. Poderia ser isso. Tentou chorar. Não conseguiu. Era uma dor profunda. Pensava no professor de Matemática, no Leo, na Caloura, no cachorro morto, em Picasso. Sentia a dor, mas não conseguia chorar. Precisava, mas não podia. Levantou-se e começou a correr até o ponto do ônibus de volta, enquanto olhava para baixo para não reencontrar a cena anterior. Talvez ele fosse machista, talvez racista; talvez ele fosse ficar sozinho, talvez ele não fosse a pessoa que pensava ser. Sentiu a herança de sua mãe dominar seu interior. Talvez fosse esse o sentimento dela. Era um pouco assustador aquilo. Precisava urgentemente voltar para casa.

Capítulo 3

Joel abriu o portão de casa, observando a janela de seu quarto. Ainda estava fechada. Sua mãe, então, provavelmente ainda não tinha saído da cama. Ela não tinha se arriscado a arrumar seu quarto, coisa que não fazia há 2 meses. Achou isso bom, porque ele poderia organizar tudo do seu jeito. Entrou em casa e percebeu um feixe de luz vindo da cozinha. Estranhou aquilo. Sua mãe estaria cozinhando? Isso ela não fazia há dois anos, tempo produtivo para Joel aprender a fazer frango e bife. Decidiu ir até lá para presenciar a cena. Sem surpresa, percebeu que, na verdade, sua mãe estava sentada na mesa da copa fumando, olhando para o infinito. Aquela cena era uma das que mais o aterrorizava. Aquele olhar, aqueles movimentos lentos das bafaradas, aquela sensação de que não havia esconderijo possível para fugir. Tudo isso transformava qualquer conversa com sua mãe em um ritual de tortura sem sentido. Nada acontecia de bom para ele, apenas a sensação de que não poderia se tornar aquela pessoa. A ideia anterior de fazer qualquer coisa de faculdade voltou com força para seus pensamentos. Isso lhe conferiu força imediata. Precisava agora de pesquisas profundas sobre cidades e universidades. Já tinha ouvido falar que cidades universitárias eram os melhores lugares para se viver com vinte anos. Deu meia volta e iria subir as escadas quando ouviu o chamado.

– Joel, vem aqui. Precisamos falar.

O fosso se abriu instantaneamente no peito de Joel. Ele sentiu que aquela conversa era indispensável, mas como queria dispensá-la! Fechou os olhos e tentou recobrar todas as forças internas até encher sua barra de energia, como em GTA. Precisava ouvir sua mãe. Seu pai tinha ido embora há pouco tempo e era importante que ele recebesse notícias oficiais do que estava acontecendo. Caminhou lentamente até a mesa da copa e sentou na outra extremidade. Notou um olhar familiar em sua mãe, um olhar que só o incomodava e o afogava. Odiava aquele olhar.

– Fala.

– Você já sabe que seu pai foi embora, porque ele deixou aquele bilhete. Não teve a coragem de te esperar. Um tosco.

Aquelas palavras foram o primeiro golpe em Joel. Conhecia essa face agressiva de sua mãe. Era uma ira profunda que antecedia mais um longo período de extrema melancolia. Ao mesmo tempo, não havia pensado que seu pai tinha cometido um erro.

Ele apenas tinha feito o que o próprio Joel faria se tivesse a oportunidade. Sair daquele ambiente tóxico não era nada absurdo. Porém a palavra "tosco" o havia surpreendido. Não raciocinou que de fato uma conversa frente a frente poderia ter acontecido. Tentou se organizar internamente, mas sua mãe emendou:

– Ele está em Araruama, na casa de uns amigos. Além de tudo, eles são cafonas. Fugiu pra Araruama! Meu Deus, que palhaço. Como aguentei?

Dessa pergunta, Joel sabia a resposta. Na verdade, sua mãe não tinha opção. Seus períodos de melancolia extrema tiravam toda opção dela. Era inclusive uma grande injustiça ela se referir ao pai daquele jeito. Ele segurava as pontas quando ela não tinha energia para tomar banho, quando ela não via sentido em nada, quando ela não conseguia sentir o gosto da comida e chorava por causa disso. Foi por esses motivos que ela aguentou. Ela não tinha escolha e era uma tremenda falta de respeito se referir ao pai dele daquele jeito, com aquelas palavras. Era tudo, inclusive, inadmissível. Uma onda de raiva cresceu em Joel. Ele apertou levemente os punhos e trincou os dentes com aquele cinismo.

– Ele me ligou hoje pela manhã. E você vai adorar as novidades daquele cretino, ai como você vai adorar! É um pântano de amor. Que pessoa legal, que cara sensacional... Um excelente ser humano...

Joel odiava muito o aspecto sarcástico de sua mãe. Ele não necessariamente desprezava o sarcasmo. Leo, por exemplo, era muito irônico e isso era adorável no amigo. O problema do sarcasmo de sua mãe era o contraste. Odiava o quanto ela parecia poderosa, impetuosa e indestrutível nesses momentos, para daqui a duas horas se emaranhar nos lençóis e começar a chorar. Esse desnível entre a potência e a fragilidade o irritava muito, porque Joel via a fragilidade como dominante. Se ela precisava de cuidados, ela não deveria ter o direito àquele tipo de ousadia, de força sobre-humana de desprezo do outro. Era uma afronta que uma pessoa que precisava de cuidados cotidianos fosse capaz de ofensas tão diretas de um jeito tão profundamente irônico.

– Bom. A ótima notícia é que, por ele morar sozinho agora, não vai dar dinheiro para essa casa. Isso mesmo. Seu pai disse que você estuda em colégio público, tem 18 anos e não precisa de nada. Uma beleza, né? Um futuro promissor!

Essa notícia chocou Joel. Ele sabia que não eram ricos, afinal moravam no subúrbio e na parte do subúrbio menos valorizada. Porém, sempre tivera, na média, uma vida confortável. Se não tinha o Playstation 4, tinha o 3. Se não tinha roupas de marcas conhecidas, não se importava com isso, porque tinha o básico, inclusive para variar. Afinal era homem e não precisava também de muito gasto com isso. Sabia que a casa era da mãe, porque seu avô, um imigrante português, havia conseguido a propriedade mais velho, quando vendera seu armazém na esquina da mesma rua. Já não ter que pagar aluguel era uma grande folga para a família, pensava Joel. Sabia ainda que sua mãe tinha conseguido uma aposentadoria de 2 mil reais por invalidez referente ao tempo que trabalhara no Norte Shopping. Isso permitira a ela, nos últimos 8 anos, um consumo às vezes exagerado, porque não pagava conta alguma em casa. A televisão de 42 polegadas, imensamente desproporcional ao tamanho da sala, era um bom exemplo. O lustre esquisito pendurado e com o preço obsceno era outro. Joel sabia que ela se enrolava com esses gastos, mas seu pai sempre ajudava. A consultoria para firmas de segurança em computadores dava certo conforto nas contas da casa. Seu pai sabia administrar bem o dinheiro.

Joel percebeu também quando a crise chegou. Seu pai cortou o pacote de futebol da TV a cabo, tirou o canal de séries. Quando Joel reclamou, o pai inclusive falou para o filho fazer download dos programas. Entretanto, o símbolo mais claro da crise foi o reaparecimento do bife de fígado nas quentinhas que sua avó paterna mandava para ele comer durante a semana. O ódio que sentia por bife de fígado era indescritível, mas entendeu o costume de comê-lo quando viu o preço no supermercado. O problema é que não esperava essa notícia de sua mãe. Pensou que o pai manteria o básico para os dois e depois ajudaria no estudo em outra cidade. Lembrou-se, então, dos planos de ir embora. Um novo abismo se abriu no peito de Joel. Viu imediatamente seus planos ameaçados. Foi um choque. A raiva aumentou.

– Isso nos coloca, meu filho, em uma situação complicada. Você sabe que eu tenho minha aposentadoria, mas ela está comprometida por vários empréstimos.

– Você é muito irresponsável. – As palavras saíram naturalmente. A forma contundente como falou inclusive o surpreendeu. Mas o ódio estava incontrolável. Não se arrependeu.

— O quê? Você tá maluco, meu filho?! Isso tudo foi dinheiro para casa. Esse conforto que você tem não foi de graça!
— Para de palhaçada, mãe. Você é muito descontrolada com dinheiro. Para de justificar!
— Você me respeite, moleque! Eu sustentei você, assim como o calhorda do seu pai. Essa casa é minha, o computador que você tem fui eu quem deu e boa parte da comida que você comeu até hoje eu comprei! Então me respeite.
— Eu não vou ter essa discussão com você. Você está no meio daqueles surtos de energia e de ironia. Muito agressiva! Muito!
— Meu filho, você poder espernear, subir até o seu quarto, relinchar, fazer o que você quiser. Mas a verdade é que nós estamos sem saída. O dinheiro acabou!
— Relinchar, mãe? Parabéns, hein! Você é a mãe do ano, meu Deus! Fazia uns dois anos que você não me xingava. Estava até com saudade. Vou para o meu quarto para aproveitar esse efeito.

Joel jogou a cadeira para trás, ela caiu e fez um grande estrondo. Subiu resoluto a escada enquanto começou a ouvir soluços atrás dele. Sentiu um estranho prazer nisso. Percebeu que, pelo menos agora, ela voltava ao lugar dela. Tudo retomava sua forma cotidiana. Ele poderia lidar com os próprios problemas da melhor forma. Entrou no seu quarto e se jogou na cama. Olhou para o teto e para as sombras que passavam por ali. Observou a pequena rachadura. Pegou o maço de Marlboro da calça jogada no canto na noite anterior. Lembrou-se do gosto e jogou aquilo de lado. Voltou a observar a rachadura e pensou que tinha que ver o nível de verdade daquela história. Seus planos realmente seriam destruídos pela falta de grana geral. Resolveu, então, ligar para o pai. Pegou o celular da mesma operadora e discou. Não pagaria nada por aquilo. Tocou durante alguns segundos e o som da voz da caixa postal entrou. Como odiava a voz dessa mulher eletrônica! Deixou o celular ao lado da cama e voltou a deitar. Esperava o retorno logo. O que ele faria agora? A sensação de encaixe já estava indo embora? Como ter um início de faculdade legal se precisaria trabalhar em tempo integral? Teria que escolher alguma matéria de meio período. Lembrou-se do professor de Matemática e sentiu raiva imediata da mãe.

Decidiu parar de pensar um pouco e ligar o videogame. Colocou GTA. Resolveu não entrar em missão nenhuma, nem jogar online. Queria só dar alguns tiros. Sacou sua escopeta no jogo e começou a mirar na cabeça dos personagens. Um a um. Foi uma carnificina. Logo a polícia chegou e ele roubou um carro. Acelerou para uma grande perseguição. Procurou a rodovia e achou. Do carro roubado, começou a atirar nos policiais a sua frente, fazendo a viatura capotar e explodir. Imediatamente uma estrela a mais apareceu no canto superior direito da tela. Um helicóptero surgiu e começou a atirar de cima. Vários carros começaram a imprensar o automóvel de Trevor. Ele capotou. Ainda restava alguma energia. Sacou a bazuca e começou a atirar. Uma bala certeira em sua cabeça fez o jogo recomeçar. Aquele exercício era bom para esquecer. Poderia ficar jogando aquilo durante horas, como aconteceu no primeiro dia em que ganhou o videogame. Mas já tinha idade e experiência suficientes para saber que nada disso resolveria o impasse em que estava. Olhou o celular: 6 horas da tarde e uma ligação perdida. Desbloqueou. Era seu pai. Retornou o retorno. Achou engraçada essa construção. Seu professor de Português o repreenderia severamente. O telefone tocou três vezes e, enfim, seu pai atendeu.

— Meu filho.

— Pai, tudo bem?

— Tudo. Como estão as coisas aí?

— Tudo daquele jeito que você conhece. Por que você não me esperou ontem?

Joel estava mais ansioso do que havia percebido para fazer essa pergunta. Ela saiu também naturalmente. Sentiu um pouco de medo depois de fazê-la. Não sabia de onde vinha esse medo, mas percebeu que ele não era pequeno. Um silêncio de alguns segundos aconteceu. Aquilo deixou a conversa suspensa.

— Ah, meu filho. Você já conhecia a nossa situação. Já tínhamos conversado sobre isso.

— Já, mas seria mais fácil se você tivesse me levado, ou pelo menos ficado para avisar.

— Sim. De fato seria. Mas você está em uma boa escola e está em ano de ENEM. Não quero te atrapalhar. Penso em você também. Se você quiser, ano que vem pode vir para cá.

— Não sei. Antes de falarmos disso, ela disse que você não vai mandar dinheiro nenhum. É verdade?

— Sua mãe disse isso? Olha, meu filho, eu não quero falar mal dela, você sabe disso, sempre evitei comentar as coisas com você, mas isso é uma grande distorção. Ela está meio desequilibrada e com raiva.

Aquela fala acalmou um pouco Joel. Essa hipótese lhe pareceu plausível e correta. De fato, sua mãe estava naqueles picos de agressividade, enquanto seu pai continuava razoável. A conversa com o pai já estava acalmando um pouco Joel, que estava certo de ver o quadro de maneira mais ampla agora, a partir do direcionamento de seu pai.

– Mas então o que você disse a ela?

– Meu filho, eu estou no Rio. Volto pra Araruama à noite. Você não quer me encontrar naquele restaurante do Baixo Méier? Aí podemos conversar direito. Estou até aqui perto.

– Tudo bem. Saio daqui a cinco minutos.

Aquele encontro de imediato deixou Joel mais satisfeito. Entrou no banheiro e tomou um banho bem curto. Colocou uma nova roupa, algo arrumada, caso encontrasse alguém lá. Já estava escuro e Baixo Méier era Baixo Méier. Pegou sua carteira em cima da mesa, as chaves e resolveu correr até o ponto, para conseguir aquela adrenalina de que estava precisando desde a aula de Educação Física pela manhã. O Engenho de Dentro à noite tinha o seu charme. Gostava do amarelo, mas gostava também do silêncio, do saco de pão francês e a coca-cola 2 litros passando nas mãos das pessoas para o lanche noturno. Parou no ponto e observou o alto muro do SESC. Lembrou-se da peça que tinha visto ali com sua família. Uma peça adolescente com trechos constrangedores, mas que tinha parecido a Joel na época um tarde feliz. Lembrou-se de sua mãe com um vestido florido lindo e seu pai de bermuda verde. Recordou que tinha achado aquela peça estranha e que sua mãe havia adorado, uma esquisitice.

Ficou tentando convencê-lo de que aqueles adolescentes eram reais, que pessoas dessa idade ainda acreditavam que a vida fazia sentido. Aqueles comentários de sua mãe, na época, pareceram-lhe ingênuos e lembrou-se de ter ficado irritado com aquilo. Diante do prédio, recordando de tudo, Joel se penitenciou um pouco. Pareceu-lhe um momento de carinho pouco aproveitado, um momento de família, que agora estava desfeita, provavelmente para sempre. Assustou-se com a repentina saudade que sentiu de sua mãe.

O ônibus chegou, ele fez sinal e subiu. Sentou-se em uma janela. Gostava do prédio do posto de saúde que havia ali perto. Os vidros colocados há alguns anos estragaram um pouco a sensação de liberdade que aquele local provocava nele, mas, ainda assim, gostava de observar as mães com seus filhos no colo. A sequência posterior de casas o desagradava um pouco. Como eram casas na beira de uma rua movimentada, havia muitos muros e poucas portas. Não gostava, achava tudo feio. O próprio hospital que vinha logo a seguir lhe parecia uma construção despropositada, grande demais. Os cursos de idiomas que existiam ali na entrada do Méier eram apreciados por Joel. Muitas mulheres bonitas saíam de lá com aquelas calças de ginástica ou legging, que marcavam com uma leve sutileza o quadril redondo. Como aquelas cenas o agradavam! Subitamente lembrou-se da Caloura falando sobre objetificação. Isso o irritou um pouco. Fazia sentido diante dos últimos pensamentos, mas, sem dúvida, aquilo tirava a complexidade de sua subjetividade. Era um insulto ser reduzido a único denominador, que, ainda por cima, era ofensivo: machista. A excitação das cenas que acabara de ver deram lugar a uma espécie de náusea. Ele se lembrou de como aquela conversa tinha sido estranha, como ela conseguira imprensá-lo e, de certa forma, dobrá-lo. Sacudiu a cabeça de vergonha e levantou-se para puxar a corda e descer. Viu as pessoas passando desligadas na rua e deu outro pique para afastar a sensação de que era tolo demais. Estava chegando próximo ao conjunto de restaurantes que havia ali no miolo do Baixo Méier. Era uma zona movimentada durante todo o dia, mas particularmente naquela hora. Buscou algum rosto conhecido, para se sentir mais à vontade. Não encontrou ninguém. Andou até um pequeno espaço que havia na esquina de uma rua no final da série de restaurantes. Procurou pela figura do pai e o reconheceu de camisa social azul. Foi até lá e reparou que suas feições eram mais leves do que há dois dias. Reparou inclusive que ele estava muito mais tranquilo e relaxado do que Joel imaginara. Um forte abraço mútuo aconteceu. Sentou-se na mesa em frente e observou o sorriso.

– E aí, rapaz, como você está?

– Estou bem, pai. Um pouco confuso.

– Imagino. Não deve estar sendo fácil para você. Porém, acho que nós fizemos um bom trabalho e você tem estrutura para aguentar o tranco.

Aquelas palavras incomodaram Joel. Ele estava esperando um pouco mais de compaixão, de carinho, de atenção. Não sentiu o cuidado necessário. A diferença entre a leveza que seu pai exalava e a confusão vivida nos dois últimos dias exasperava Joel. Lembrou-se da noite anterior na Lapa, pensou no sofrimento que viria. Não era justo que seu pai não passasse por isso. Até mesmo sua mãe pareceu mais coerente.

— É, pai. Acho que vocês fizeram um ótimo trabalho.

— Então, o que eu queria dizer é que tudo está difícil pra mim também. Meu filho, você não faz ideia do que eu passei nesses anos. Nós conversávamos sobre o assunto, mas eu falava só em parte. Foi tudo muito, muito complicado...

— Eu sei, pai.

— O que eu te peço agora, a única coisa que eu te peço é um pouco de compreensão. Eu precisava sair, eu precisava respirar. O ambiente daquela casa ficou demais para mim.

— É, deve ter sido muito difícil mesmo viver naquela casa.

— Você, meu filho, não faz ideia. Se eu te contasse, se eu detalhasse cada coisa, você sairia de lá agora. Mas eu não acho isso legal, meu camarada.

— Então, o que você quer que eu faça?

— Eu já te falei. Agora é hora de você aguentar as pontas. Segura a onda, estuda, passa no ENEM e tem outras coisas aí, mas aí vai ser na maciota...

— Como assim?

— Você sabe que o país está em crise, né? Então, a minha consultoria está bem parada. Além de tudo, eu vou ter que montar outra casa para mim, quer dizer pra gente, né, camarada.

— Em Araruama?

— Isso! Lá. Você já foi lá uma vez. Um paraíso, uma delícia! Estou vendo uma casa de frente para a praia. Você vai ver. Vai inclusive poder levar as gatinhas de biquíni.

— Pai, esse tom está meio inapropriado.
— Desculpa, meu filho. É que às vezes me empolgo com essa nova vida. Então, como eu ia dizendo, a grana agora está curtíssima. Você sabe como eu sou bom para fazer essas previsões.
— Tenho certeza de que é.
— Então, já vi que nos próximos meses as coisas vão ficar complicadas. Não vou poder dar dinheiro para sua mãe. Lembrando, porque as coisas estão apertadas. E ela dizendo que eu não quero enviar dinheiro! Um absurdo.
— Pai...
— Então, camarada, a situação é a seguinte. Sua mãe tem a aposentadoria dela. Isso deve dar para vocês se alimentarem por agora. Lembrando, a situação é crítica. Tem amigos meus ficando sem casa.
— A gente não corre esse risco, lá...
— É verdade, meu filho. Isso me deixa mais tranquilo, você não faz ideia de como eu estou preocupado com a situação de vocês. Mas essa posse me deixa mais tranquilo.
— Mas, se eu precisar de algo além de comer?
— Então, meu camarada! Aí entra a maciota de que eu tinha falado. Já estou arrumando um emprego para você.
— Como assim?
— Que cara é essa, camarada? Você já não tinha me pedido isso?
— Sim, pai. Mas as condições eram outras. Eu quero trabalhar ainda...

— Então! Arrumei, com um camaradaço meu, um lugar sensacional para você. Sabe o aeroporto? Tem três livrarias lá. Elas abrem de madrugada.

— Ótimo...

— Então, arranjei um lugar para você lá, camarada, na madrugada. Quando o horário é menor e o salário é maior. Você vai poder continuar estudando de manhã e o salário é legal. Dá pra você se manter.

— Pai, de madrugada?

— É! Não me olha com essa cara. Aqui do outro lado do Méier tem um ônibus que vai direto para lá, e de madrugada é rápido. Você que adora olhar a cidade vai amar ver tudo vazio.

— É que isso pode atrapalhar meu ENEM...

— Camarada, você é um crânio. Confio totalmente em você.

Aquela conversa parecia surreal a Joel. As falas leves do pai, sua proposta, sua felicidade estampada, tudo era dissonante. A ideia de trabalhar e ter o próprio dinheiro sempre agradou a Joel, mas aquilo parecia demais. O quase cinismo usado pelo pai para falar da segurança alimentar do filho e da mulher, ou ex-mulher, era assombroso. Tudo começou a pesar muito em Joel. Ele não tinha forças para rebater, para contar, por exemplo, seus planos de fazer faculdade em outro lugar, sua ideia de morar em outra cidade. Esse projeto já lhe parecia absurdo agora. Como, ao falar de comer, Joel poderia pensar nisso? Pediu seu macarrão e começou a engolir tudo, cada vez respondendo mais brevemente. A vontade de sair dali foi crescendo de maneira insuportável. Sua realidade e suas perspectivas tinham mudado em poucas falas, em poucos minutos. Como tentar Medicina, trabalhando à noite? Como tentar Direito, trabalhando à noite? Como tentar Engenharia de Produção, trabalhando à noite? Nunca havia cogitado a sério essas possibilidades, mas gostava de pensar que seu horizonte era livre. Essa percepção acabara de mudar. Todas as suas opções ficaram restritas, e o trágico disso tudo é que ele se deu conta imediatamente. Sabia que era inteligente e que tinha condições de passar para tudo, mas precisava do tempo, da mente livre. Lembrou-se de quando leu Kafka no 1º ano, *Metamorfose*. Gostou da história, era fácil e rápida. Um homem que virava um inseto. De acordo com seu professor, era o processo de animalização do homem pelo trabalho. Tinha achado essa leitura do professor muito ruim, muito menor do que o livro, mas o conceito agora valia. Joel olhou para suas mãos e se imaginou como uma mosca. Riu da imagem tosca que veio à sua mente. Esses pensamentos o deixaram alheio à presença de seu pai. Respondia somente o essencial enquanto comia seu macarrão. Mas era certo que o trabalho o cansaria demais. Sentiu um início de raiva de seu pai, mas pensou também que pelo menos um dos três estava contente, feliz. Ele realmente tinha sofrido. Não iria brigar com ele agora, mas o fato é que estava com raiva. Seus planos haviam mudado novamente. Só queria sair dali, ficar sozinho. Descobriu que precisava ir, no dia seguinte, para a livraria, conversar com o gerente. Tudo parecia apressado, mas não havia jeito. Seu pai já tinha deixado claro que dinheiro não haveria mais. A situação era crítica e ele precisaria trabalhar.

Joel foi tirando a própria energia da conversa para ela se encurtar. Ouviu do pai que iria ficar muito tempo agora em Araruama para resolver as coisas por lá. Então, não se veriam por um período razoável, mas se falariam por telefone. Joel ouvia tudo anestesiado, paralisado pela força das circunstâncias. Preservando as poucas energias que lhe sobraram, avisou ao pai que precisava terminar um trabalho inexistente. O pai pagou a conta, e eles começaram a andar lentamente e a falar amenidades. Joel deu um último beijo em seu pai, virou as costas e foi embora. Todas aquelas informações novas estavam rodando em sua cabeça. Estava já cansado. A noite mal dormida pesava muito. Decidiu tomar um refrigerante de cola para aproveitar os prazeres da cafeína. Ainda na Praça do Méier, parou em um ambulante com isopor para comprar seu refrigerante. Retirou seus últimos quatro reais do bolso e a imagem daquelas notas indo embora lhe doeu. Sabia que não seria tão simples a partir de agora tomar refrigerante, por exemplo. Essa ideia era muito esquisita. A imagem da praça do Méier ajudou a aplacar seu desânimo. Gostava do formato de arena que havia ali no meio. Pensou que precisava saber o que haveria no Leão do Méier amanhã. Sabia que havia visto algo, mas não se lembrava do quê. Virou e andou até a 24 de Maio para pegar o ônibus de volta para casa. Olhou para as crianças de camisas sujas rasgadas e pensou que a sua situação não era a mesma que a delas. Mas era como se ele, Joel, tivesse uma situação parecida. Em um exercício de imaginação, pensou que a mais magra, suja e sonolenta chamava-se Leandra. Ela provavelmente teve uma mãe que morreu ou uma mãe que a usava para pedir dinheiro. Joel pensou que essa menina, que necessariamente teria um futuro de quase nada, tinha uma humanidade igual à dele, os dois presos a suas circunstâncias. Joel se sentia um privilegiado em comparação a ela, mas via o seu corredor ficar estreito e começou a perceber que tinha muito mais a ver com aquela menina, do que com seu professor de Matemática, ou até mesmo com o de Educação Física. Sabia que sua situação, naquele momento, era muito mais frágil do que jamais supôs. Poderia estar exagerando, chegou a pensar. Afinal, não moraria na rua ou morreria de fome, não pediria dinheiro. Porém, começou a perceber que suas angústias não eram apenas abstratas, fantasmas de dores e de dúvidas. Suas angústias agora estavam relacionadas também à sua própria existência material. O como viver passou a ser uma outra porta à sua frente.

Fez sinal para o carro que estava vindo. Era um caminho rápido. Quando o ônibus estava saindo do ponto, olhou na calçada oposta e viu a Caloura de calça legging com o material do curso de inglês na mão. Percebeu, então, que Nelsinho tinha razão. Ela tinha um corpaço. Sentiu confusão ao pensar isso. Lembrou da voz dela. Lembrou da contundência da palavra "machismo", mas era uma excitação muito forte. Surpreendeu-se ao pensar que gostaria de encontrá-la amanhã para iniciar uma nova conversa e provocá-la. Essa ideia o animou um pouco. Pensou que aquela noite ainda tinha salvação. Lembrou-se de trechos da conversa com a Caloura para poder puxar qualquer assunto. O filme! Ela tinha sugerido um filme. Qual era o nome? Tinha algo de sono, algo de dormir. Sonho. *Foi apenas um sonho*. Era isso. Decidiu que veria esse filme quando chegasse em casa. Ficou animado com a possibilidade de ainda ver um filme. 10 horas da noite era um bom horário para isso. Ainda teria uma boa noite de sono. Desceu em seu ponto e foi correndo para casa. Abriu o portão e entrou pulando no quarto. Observou de relance que sua mãe estava lavando a própria louça, mas não quis parar na sala. O que era animação virou ansiedade. Entrou no computador e logo baixou seu *torrent*. Pesquisou a legenda e 30 segundos depois tudo estava pronto para duas horas indiretas de Caloura. A imagem dela não saía da cabeça.

Capítulo 4

A ida no ônibus para o colégio era sempre uma espécie de sonho, sem o bônus de se estar dormindo. Joel tinha dormido melhor do que na noite anterior, mas, ainda assim, não conseguia se concentrar no seu ambiente como sempre. Entretanto, uma expectativa o animava. Ao passar na Hermengarda, fez o cálculo de onde a Caloura subiria para ir ao colégio. Ao se aproximar do lugar imaginado, Joel se ajeitou na cadeira, arrumou a camisa semi-amarrotada e colocou sua mochila em seus pés. Queria comentar o filme com ela. Quando o ônibus chegou ao ponto calculado por ele, a decepção. Ela não estava ali. Isso o aborreceu um pouco. Estava ansioso para conversar com ela, porque queria manter aquele nível de desafio do dia anterior e porque estava ainda impressionado com a imagem do corpo dela. Essa lembrança o aborreceu um pouco mais. Pensou na reunião de trabalho que teria à noite. Isso ressignificava todo o seu dia, transformando-o em um peso muito maior do que era há 12 horas. O trabalho já era um fato. Começou a tentar romantizar aquilo. Lembrou-se da história de Tarantino. Ele tinha trabalhado em uma locadora antes de se tornar o maior cineasta de sua geração. Isso tinha sido fundamental para sua educação. Pensou, então, que o trabalho na livraria poderia transformá-lo em um escritor. Essa ideia o animou um pouco. Sua redação era boa, recebia boas notas e muitos elogios também. Poderia ser pego lendo no horário de intervalo do trabalho, o que geraria boas histórias para se contar quando se tornasse famoso. Imaginou-se em um programa de entrevistas, contando como a separação de seus pais e a doença de sua mãe foram fundamentais para o material de seu primeiro livro. Pensou também nas anedotas de quando trabalhara na loja de livros, de como aquela experiência tinha sido fundamental para sua formação. Diria que *Cidades de papel* tinha sido um primeiro modelo, porque prendia a atenção do leitor. Diria também que é fundamental que a Literatura seja divertida para o leitor, diferentemente do que pensava Machado de Assis. Seria aplaudido e celebrado. O emprego na livraria começou a animá-lo de verdade. Pensou que poderia conhecer outra garota bonita, sua mulher no futuro, outra história para um hipotético programa de entrevistas. Pensou em sexo no meio de livros em um depósito imaginário. Riu daquela possibilidade, mas era inegável que esses pensamentos o animavam. De repente recebeu um cutucão que denunciou o quanto, durante a manhã, seus pensamentos estavam separados de seu plano físico, da sensação de cansaço.

– Menino atento, você está com um sorriso muito safado!

Aquela fala o desconcertou. Observou a Caloura em pé ao seu lado e percebeu que ela estava sem o uniforme. Olhou logo da cintura para baixo e percebeu que uma calça jeans estava no meio termo entre a horrorosa peça de roupa da Educação Física e a sensacional legging da noite anterior. Era aceitável para ele. Ao voltar o olhar para o rosto da Caloura, sentiu-a muito mais distante. Joel percebeu que ela tinha notado a avaliação dele. Tudo já começava com um a zero para ela. Só havia um jeito de tentar virar.

– Vi o filme que você me indicou.

– Que menino rápido. O que você achou?

– É complicado. Primeiro eu levei um susto. Leonardo di Caprio quase me fez desistir. Era só um muso, pensei.

– Esse equívoco é muito comum. Ele é lindo, disso não temos dúvidas, né?

– Nem acho nada demais.

– Então, agora eu vou te ignorar e continuar. Ele é lindo, e o filme é sensacional. Eu fiquei chapada quando vi. Desculpa, estou te atropelando.

– É, está sim. Sensacional é exagero. Você, na verdade, é meio exagerada. Mas de fato é impactante.

– Cara, é impressionante como vocês são clichês. Depois de ver esse filme, você ainda age da mesma maneira.

– Como assim?! O que uma coisa tem a ver com a outra? O que um filme de uma mulher louca tem a ver com isso?

– Mulher louca?! Meu Deus! Você é meio idiota ou só se faz de burro mesmo?

– Menina, é claro que eu sei que o cara é banana, um trouxa e sacana. Mas você não pode negar que aquela mulher era meio perturbada.

– Louca, perturbada, o que você sabe de mulher louca e perturbada?

– Eu sei o bastante. Muito mais do que queria.

Aquela foi a senha para a interrupção da conversa. Joel percebeu que lançara um olhar fulminante, e ela acusou o golpe. Sentiu que aquele tema era muito sensível para ele. Pareceu mais indefesa e acuada. Ele tinha conseguido lançar a dose certa de intensidade e dor, sendo, ao mesmo tempo, lacunar. Ela agora provavelmente estava se perguntando por que ele disse aquilo, daquele jeito. Ele tinha conseguido virar o jogo. Para não afastá-la de vez, decidiu mudar de assunto.

– Por que você não está de uniforme?

– Percebi que você me analisou mesmo, menino atento! Parabéns! Eu não vou para a escola.

– Você foi suspensa ontem?

– Não. Vou matar aula mesmo. Vou cuidar da minha verdadeira educação.

– Como assim?

– Deixa eu explicar que a ideia é boa. Sabe o *Odeon*, aquele tesão de cinema no centro, menino?

– Sim. Gosto dele também.

– Então, tem um cara que trabalha lá e consegue fazer umas sessões de graça pela manhã. Aí nós vamos e nos educamos de verdade.

Aquilo soou muito bem nos ouvidos de Joel. Ele estava sem a menor paciência para as aulas de Física, Química e Laboratório. Essas três compunham o seu calcanhar de Aquiles e, por um grande golpe de azar, tinham caído no mesmo dia, logo no terceiro ano. Era uma espécie de morte lenta e sangrenta durante o ano todo, aquele dia. Provavelmente assistir a uma corrida de tartarugas seria mais emocionante. Qualquer motivo era um excelente motivo para não ir à escola. Aquela exibição, então, parecia a ele uma espécie de Éden, de salvação da humanidade. O problema é que não podia se convidar. Tinha noção suficiente para evitar isso. Olhou para ela de forma impassível, ou tentou pelo menos.

– Você não quer ir também, menino atento? Pode ser uma boa oportunidade para repensar esses seus hábitos. Veremos *Os sonhadores*. Conhece?

– Não. Acho a ideia até interessante, mas sua condenação de meus hábitos sempre é tão motivadora!

– Não fique assim! Acabei de te dar uma oportunidade revolucionária, menino.

Joel aceitou, tentando aparentar tranquilidade, mas a verdade era que ele estava bem ansioso. Nunca havia sido diretamente convidado para o cinema. Era a primeira vez e logo depois da visão da Caloura de legging. Ao pensar isso, previu a possibilidade de um contato físico mais duradouro e só então notou que não sabia o nome dela. Ficou sem jeito. Como perguntar? Já tinha tido sonhos eróticos com ela, mas não se lembrava do nome. Na verdade nem se importava. Queria apenas o corpo e isso o assustou um pouco. Relaxou quando percebeu que ela provavelmente não sabia o nome dele. Chamava-o apenas de "Menino atento". Resolveu jogar alto e tomar a dianteira.

— Já que você está claramente dando em cima de mim, eu preciso saber o seu nome.

— Menino atento, você é tão ingênuo! Se eu estivesse dando em cima de você, com certeza eu já saberia o seu nome e você já saberia o meu. Deixa assim. Tá bom desse jeito.

Joel ficou novamente desconfortável com a constatação de que estava imprensado. Aquelas frases transformaram a ansiedade e a quase alegria de Joel em desânimo e melancolia. O colégio estava passando em sua frente. Iria mesmo ao cinema e provavelmente veria mais um filme sobre uma mulher maluca. Esse pensamento o incomodou. A frequência cíclica da palavra maluca o perturbava agora. Estava deslocado em seu diálogo. Foi buscar refúgio no ambiente e viu um Maracanã reformulado, quase de plástico, vivo ainda pela impossibilidade de se matar aquela gigantesca alma. Esses pensamentos grandiosos o incomodaram, porque, de fato, gostava do médio Engenhão, de suas calçadas estreitas no entorno, de comprar biscoito em uma daquelas casas parecidas com a sua. Pensou inclusive que comércio poderia ser sua saída, já que a possibilidade de viajar já havia aparentemente caído por terra. Era possível. Não era de uma família de empresários? Tentaria desde já construir um negócio, algum tipo de venda ou troca de utensílios. Poderia, por exemplo, investir em jogos de videogame piratas. Ele sabia os melhores lugares da Uruguaiana, os CDs mais baratos, com a melhor qualidade. Poderia já comercializar isso no colégio. Lembrou-se repentinamente da Caloura. Havia recebido o último golpe e não poderia deixar de revidar. Voltou a olhar para ela e percebeu que seu foco estava distante.

— É chato esse engarrafamento no viaduto. Estamos dentro do tempo?

— Claro, Claro! Você pode ficar tranquilo que vai ficar bem do meu ladinho, assistindo a um filme delicioso.

— Esse seu tom superior e arrogante é agressivo demais.

— Relaxa, menino, o carinho virá na hora certa. Vamos nos divertir enquanto isso.

Essa menção à diversão deixou novamente Joel ansioso. Não sabia mais o que deveria fazer para acelerar esse "carinho". Lembrou-se novamente do corpo dela e ficou animado demais com a possibilidade de poder tocar nele. Precisava parecer mais inteligente.

— Qual o diretor do filme?

— Bernardo Bertolucci. Fica tranquilo que você vai adorar.

— Não conheço. É velho, quero dizer, antigo?

— Não. Quero dizer, relativamente. É desse século já.

— Digo isso, porque gosto de cinema e vejo uns filmes antigos um pouco arrastados.

— Eu sei do que você está falando. Fica tranquilo que esse é um ritmo legal, ágil. Divertido e gostoso. Inclusive ele é até provocante.

— Como assim?

– Você vai ver que o clima ali é muito mais intenso do que você imagina. Vai me agradecer.

Chegaram enfim à Cinelândia. Joel saltou e deu a mão automaticamente para segurar a Caloura. Foi a primeira vez que sentiu os dedos dela tocarem suavemente sua pele. Esse toque o despertou e levou a ansiedade a níveis insuportáveis. Não saberia mais como se comportar, como agir diante dos amigos dela. O caminho até a porta do Odeon foi longo e ele tentou atrasar o passo. Não conseguiu e notou a porta de metal do cinema ligeiramente aberta na parte de baixo. Ela acelerou o andar e Joel pôde perceber o quanto ela era segura no próprio caminhar. Não se lembrava de sentir essa segurança há muito tempo. Observou o carrinho de pipoca e percebeu o quanto aquilo era o que precisava para se acalmar. Parou na frente do vendedor e pediu calmamente uma grande. Ficou observando o vendedor mexendo nas pipocas brancas e imaginou como aquela situação toda era inesperada há poucas horas. Lembrou-se de que estava acordando pela manhã e que imaginava um dia cansativo e tedioso. O peso da frustração de mais uma possibilidade de profissão tinha caído sobre ele. O convite da Caloura mudou tudo e agora ele estava matando aula, prestes a ver um filme com ela e, com certeza, prestes a ficar com ela. Essa imagem nítida do beijo e dos apertos entre os dois finalmente o animou, e contrapôs-se ao desânimo que a entrevista de mais tarde despertava em seu humor.

Olhando para a compra, pensou que poderia investir em um carrinho de pipoca. Seria mais tranquilo e divertido do que trabalhar de madrugada. Esse trabalho noturno o apavorava pelo cansaço. Pegou o pacote do pipoqueiro e dirigiu-se ao cinema. Sentiu-se mais tranquilo. Abaixou-se para entrar no hall e viu um grupo de quinze pessoas ali, todas absolutamente diferentes entre si. Procurou a Caloura com um olhar e observou que ela estava animadamente conversando com um cara mais velho, com uma camisa colorida, meio ridícula. Parecia de festa junina.

— Foca, esse é o menino atento lá da escola. Ele é um cinéfilo. Achou a mulher de *Foi Apenas um Sonho* uma louca.

— Cara... que clichê. Tratamos disso nessas sessões. Fazemos um despacho coletivo do senso comum! Contra todas as formas de não pensamento! Você está prestes a usar o melhor bagulho de todos!

— Eu achei que veríamos um filme...

— Rapaz, você ainda não está preparado para o que vai te abater! Uma grande bomba e uma mulher! Você não tem ideia, mano! Que mulher!

— Foca, fica quieto e para de falar idiotice. Em quanto tempo começa?

— Cinco minutos, querida mana. Vamos relaxar.

Aquela fumaça toda estava incomodando Joel. Sua sensação de deslocamento ia se acentuando a cada segundo. "Foca" até era engraçado, mas sua avançada idade conferia um ar deprimente àquela imagem. Olhou para a Caloura e notou que ela estava agora conversando animadamente com um cara um pouco mais velho do que ela, provavelmente da idade de Joel. Eram óbvias as intenções dela e isso aumentou o abismo de Joel com a situação. O cara foi apresentado. Thiago era um nome clichê, mas ficou claro que era inteligente. Recusou a pipoca de Joel com um sorriso irritante e disse que era o filme de redenção de Bertolucci. Não acreditava mais em cinema chato, e *Beleza roubada*, do mesmo diretor, era quase bom. Então, alguém chamou de dentro da sala. Eles entraram e Joel seguiu a Caloura. Ela não o abandonou. Guiou-o para a parte de trás da sala. Em balcão separado na traseira da sala, ela se sentou ao lado de Thiago e Joel.

Uma sensação de que deveria aproveitar uma oportunidade tomou conta de Joel. Deveria fazer algo, tomar alguma atitude para não perder a chance. Depois se arrependeria de não ter ficado com ela. Porém, a vergonha era forte demais. A sensação de deslocamento anterior havia drenado as forças de Joel. Ele se sentia impotente diante da situação. Ao mesmo tempo, Thiago o aborrecia. Ele não parecia metido o suficiente para ser odiado, mas o riso na recusa da pipoca tinha sido uma afronta. Não tinha como competir com aquele comportamento da Caloura. Olhou para ela e observou um semblante mais sereno agora, tentando se concentrar no filme. Ela estava bonita, com a pouca luz do cinema batendo em seu rosto. As sardas lhe conferiam um ar ingênuo, e as doses de ansiedade voltaram com mais força, dissipando o abismo do não pertencimento. Novamente a sensação de que deveria fazer algo se desenvolveu. Então, Joel tentou tomar confiança, mas não sabia exatamente o que fazer. Buscar um beijo poderia ser vergonhoso se ela recusasse e era bem provável a recusa. Desanimou um pouco, mas ressurgiu nele a sensação de que o dever o chamava. Olhou para a perna da Caloura, e teve a ideia de calmamente escorregar sua mão para lá. Fez isso devagar, esbarrou um dedo na pele do braço e ela se ajeitou na cadeira, algo normal. Joel decidiu ir mais devagar e encostou o dedo mindinho primeiro. Deixou lá e ela não fez nada. Tomou aquilo como um sinal de aquiescência. Tomou mais coragem e escorregou a mão toda. Sua ansiedade chegou a um limite insuportável. De pronto ela segurou a mão dele, retirando-a da perna e emendou.

— Não perca o filme, menino atento. Você vai se arrepender.

Capítulo 5

Em frente ao Theatro Municipal, observando a fachada antiga daquele belo espaço, Joel ainda estava impactado pelo filme e pelo beijo final da Caloura. A história era boa: dois irmãos e um jovem, praticamente todo filme em um apartamento, fazendo sexo, discutindo sobre cinema e literatura. E aquela mulher, meu Deus! Como Joel tinha ficado abalado com a visão daquele corpo nu! Toda a sensibilidade que ele sempre procurou em diversas narrativas estava condensada ali. A cena do cabelo queimando, a cena do beijo, todas eram a resposta para aquela ânsia de algo que Joel sentia. Pensou que gostaria de causar o mesmo efeito nas pessoas. De fato, cinema era a carreira para ele. Precisaria pesquisar as faculdades, mas com certeza conseguiria fazer junto com o trabalho. Também conseguiria repetir aquelas cenas de ternura. Esse era acima de tudo o recado do filme: carinho. Sentiu-se bem com aquela conclusão. Depois da mão fracassada na perna da Caloura, da vergonha que ele sentiu com aquela tentativa, encolheu-se na cadeira e resolveu concentrar-se na história. Ao embarcar no clima e na trilha – "Hey Joe" foi demais –, Joel conseguiu recobrar algum tipo de equilíbrio que ele havia perdido para lidar com o embaraço. Com o fim do filme, notou que a Caloura estava observando a tela com olhos perdidos, e esperou sua primeira reação. Ao se levantar, ela o chamou para o corredor do banheiro. Ele imediatamente pediu desculpas pela tentativa de encostar na perna dela, esforçou-se para ser o mais "sem jeito" possível. Sabia que aquilo a agradaria. Ela foi mais simpática do que ele pensou a princípio. Estava visivelmente apressada, talvez quisesse se livrar dele imediatamente. Não sabia disso ao certo. Lembrando do momento, parecia tudo um pouco confuso, envolto em névoa. Só se lembrava de quando ela se aproximou e mordeu o lábio dele com sorriso e disse um lindo e sensual, porém, ambíguo: "Depois nos vemos". Entendeu que era para ele ir embora, mas aquela mordida, o sorriso, o convite, todos esses indícios eram bons. Além de tudo, tecnicamente eles tinham ficado, era mais uma para lista. Arrependeu-se imediatamente desse pensamento. Diante do Theatro Municipal, tudo agora era confuso, mas o saldo era positivo. O filme tinha sido incrível, a mordida ótima, e o sorriso final dela, com aquelas sardas, era impactante.

Como tinha boa parte da tarde, decidiu andar pelo centro da cidade. Gostava dali, do amontoado de prédios, da sensação de que todas as decisões importantes vinham daquele lugar. Olhou para o espaço do metrô. Gostava de lá também, mas não o pegaria. Queria mesmo era andar pela Carioca, depois a Rio Branco para olhar a escola de cinema que havia em frente ao Centro Cultural. Lembrava-se dela de quando fora a uma exposição com seu pai no Centro Cultural. Na época, foi lindo ver a cúpula alta do prédio, a luz amarela, o café no meio do hall e a livraria lotada de DVDs de filmes históricos. Gostaria ter se sentido mais à vontade, mas a verdade é que o deslocamento ali era abissal. Não sentia que entendia o suficiente de arte, de literatura e até mesmo de cinema para poder usufruir daquele prédio. Uma faculdade de Cinema, por exemplo, poderia capacitá-lo a aproveitar melhor a cidade, aquele tipo de espaço. Enquanto pensava nisso, decidiu ir mesmo até a Carioca. O fluxo de pessoas ali aumentou muito. Olhou em volta e percebeu três barracas de partidos políticos diferentes, falando sobre filiação. Uma se colocava contra o aborto, outra a favor do Bolsa Família e uma terceira contra o comunismo. Eles estavam usando um megafone. Os três. Achou tudo uma gritaria sem sentido. Não achou que alguém poderia lutar seriamente contra alguma coisa gritando em um praça.

    Na outra ponta do Largo da Carioca, viu uma banda de colombianos tocando jazz. Era genial. O nome era *Jazz Latino*. Pensou que eles poderiam se apresentar na Praça do Méier, seria bom para o bairro, mas sabia que provavelmente não iriam até lá, a não ser que o Leão Etíope convidasse. O baterista tinha um suingue realmente assombroso. Joel começou a bater na própria perna e a sacudir os pés discretamente. Então entrou o saxofone. Que entrada! Arrepiou-se imediatamente. Era de fato um dia de sorte. Pensou que esse tipo de sensação é que poderia salvá-lo de seus demônios hereditários. Se fosse preciso, escutaria jazz, assistiria a filmes, beijaria na boca todos os dias de sua vida. Infelizmente a música acabou. O cara que tocava o baixo começou a passar o chapéu. Joel revolveu os bolsos e encontrou uma moeda de cinquenta centavos. Hesitou, mas decidiu fazer a doação. O baixista colombiano percebeu a moeda e olhou rapidamente com uma expressão que pareceu a Joel de um desprezo profundo. Aquela imagem foi um golpe duro na felicidade que Joel vinha experimentando até então. Tinha mais na carteira, mas queria guardar algo para depois. Percebeu, então, que precisaria de tempo e de dinheiro para aproveitar o jazz e o beijo na boca. Lembrou-se de que só poderia ter um dos dois e que provavelmente escolheria, se tivesse sorte, o tempo. Aquilo o impactou. Não tinha outra chance. Tentou prever seu futuro. Viu sua mãe se endividando para manter a casa. Percebeu que aquele único patrimônio que tinha seria perdido. Entendeu que seu pai cada vez mais precisaria de sua ajuda. Percebeu que tinha poucas chances. Isso o abateu. Por isso, decidiu andar mais. Olhou para o chão e se concentrou nas pedras soltas do Largo da Carioca. Se estivessem organizadas, o desenho seria bonito. A imagem seria elegante. Mas as pedras estavam fora da nova ordem mundial. Lembrou-se de Caetano Veloso e dos versos que o salvaram de sua última fossa, no seu término. "Respeito muito minhas lágrimas, mas ainda mais minha risada". Adorava "Vaca profana". Gostava sensivelmente de "dona de divinas tetas", e riu pensando nisso. Pensou em "tretas", muito mais usual hoje em dia. Lembrou de sua rede social e dos prováveis recados e das interações que deveriam estar acontecendo no momento, inclusive no seu perfil. Sentiu um aumento do tédio por causa daquilo. Não conseguia se sentir "curtido". Pensou que eram tantas pessoas, mas, ao mesmo tempo, tão pouca atenção por tudo. Olhou, na Rio Branco, o que seriam os trilhos do novo VLT. Não entendia aquela quantidade imensa de obras. Já gostava do Centro antes, gostava da Rio Branco e suportava o Maracanã. Faria um filme sobre isso. Quando estivesse na faculdade, já entendendo melhor as técnicas de filmagem, poderia, sem a menor dificuldade, fazer um pequeno documentário sobre as obras no Rio de Janeiro. Conseguiria depoimentos do prefeito e do governador. Faria várias piadas críticas, usando inclusive um meme especial para cada obra. Riria pelo menos de toda a situação e imitaria um pouco, só um pouco, o Michael Moore. Filme tinha que ser divertido, até os documentários. Disso, Joel não abriria mão. Pensou em fazer outro documentário divertido sobre o Engenho de Dentro. Mostraria as casas, faria entrevistas com os moradores e pesquisaria imagens antigas. Não lhe pareceu divertido. A princípio descartou a ideia. Não queria enfastiar as pessoas.

Um grito no meio da calçada da Rio Branco chamou sua atenção. "Pen drive de 16 gigas só R$9,90!" Achou aquela promoção sensacional! Claramente era algum tipo de armadilha, mas sentiu vontade de comprar. Sorte que não tinha dinheiro. Pensou novamente em se tornar um empreendedor e resolveu desistir de vez da ideia. Não tinha a menor capacidade de vender qualquer coisa. Tinha vergonha de dar pouco dinheiro para um artista de rua. Como poderia negociar preço de alguma coisa? Seria perda de tempo e de capital. Cinema agora era uma boa opção mesmo, porque poderia trabalhar em muitos projetos até conseguir fazer os próprios. Passou pela frente da lanchonete mais frequentada ali da Rio Branco e se assustou com o quanto estava cheia. Não entendia o conceito de *fast food*, comida rápida. Esses lugares eram sempre lentos no atendimento, na percepção dele. Joel, então, decidiu atravessar a rua e chegar ao Centro Cultural. Adorava as calçadas estreitas do Centro, os paralelepípedos em contraste com os edifícios gigantescos. Decidiu correr um pouco e passou na frente de um sebo. Entrou e foi direto para a parte de poesia. Encontrou um livro com um título divertidíssimo: *Essa loucura roubada que não desejo a ninguém a não ser a mim mesmo amém*. Olhou o autor. Bukowski. Lembrou-se de um poema sobre um cão que tinha lido no 2º ano, mas o que o fez rir imediatamente foi recordar a informação biográfica: "Era um bêbado". Decidiu dar uma chance. Abriu o livro e, na página 191, leu os versos:

na noite em que eu ia morrer
eu estava suando na cama
e podia ouvir os grilos
havia uma briga de gatos lá fora
e eu podia sentir minha alma escorrendo gota a gota pelo colchão

Essa imagem o assustou ao mesmo tempo em que foi reveladora. Essa história de *a alma escorrer gota a gota* era uma sensação recorrente. Gostou daquilo, queria o livro, mas era muito caro. Fechou, pensou nas inúmeras vezes em que estava deitado, olhando para o teto e se sentido sem energia para se levantar. Pensou em sua mãe. Talvez fosse exatamente isso o que ela sentia: a alma escorrer gota a gota, o desânimo, a tristeza, a falta de forças. Joel já tinha sentido algo parecido. A incapacidade de provar o gosto, por exemplo, deveria ser a falta da alma que escorreu. O problema é que tudo isso estava associado à morte, ao fim da existência. Talvez a depressão fosse esse estado de pré-morte, sem, contudo, passar a ser morte. Talvez seja a sensação de que tudo tem que acabar, mas não há forças para isso, não há mundo ou humanidade suficiente. Nada que prenda, porém nada que sirva como um impulso final: uma pré-morte eterna. Talvez essa seja a pior das maldições. Joel imaginava agora que sua sorte era poder sempre sair desse estado. Saindo do sebo foi andando até a Escola de Cinema. Estava fechada. Resolveu atravessar e ir até o Centro Cultural. Entrou e foi direto para o centro, sentou-se e observou a cúpula para impedir a alma de escorrer. Fixou o olho lá e gostou do que viu. Ao animar-se um pouco, olhou as pessoas que estavam andando ali em volta. Procurou uma mulher bonita, e encontrou uma morena, alta, muito autoconfiante. Sentiu inveja daquela forma de andar, sabendo que o espaço era área livre. Olhou o relógio colonial da parede e ele marcava três da tarde. Precisava ir para casa para se arrumar. Tinha a entrevista de emprego no aeroporto. Lembrou-se do poema de Bukowski. Sentiu sua alma escorrer um pouco mais. Curiosamente lembrou-se de que o emprego era em uma livraria, e pensou que poderia ler mais coisas lá. Pensou naquelas revistas de turismo, de outras cidades. Isso o animou. Resolveu se apressar.

Saiu do Centro Cultural e viu a Candelária. Gostava da presença da igreja, um prédio mais antigo, no meio da Presidente Vargas cheia de prédios relativamente novos. Pensou que a religião não salvou sua mãe. Talvez o Deus que ela criou não fosse capaz de domar seus demônios, mais antigos e mais fortes. A alma, nesse caso, continuava escorrendo. Gostava da cruz verde parada ali no meio. Pensou que ela seria uma boa abertura de filme, para quando fosse diretor. Começaria focalizando aquela cruz. A câmera iria recuando e, então, pegaria toda a igreja. Ainda não tinha o roteiro, mas tinha uma boa cena inicial. Alguns filmes nem isso têm. Atravessou as ruas e parou no ponto correspondente. Sempre ficava incomodado com aquele forte calor batendo no rosto na Presidente Vargas. Olhou para o vendedor do isopor e decidiu gastar dois reais em uma água. Notou o rosto do menino de uns 15 anos. Olhos ágeis e inteligentes. Pediu a água, pegou e pagou. Sabia que ele estava ali não para conseguir o dinheiro da comida, mas o dinheiro de diversão e arte. Sentiu-se inteligente por pensar na música dos Titãs a partir de uma cena tão comum. Aquele filme e a mordida da Caloura definitivamente haviam conferido alguma poesia ao seu dia. A banda colombiana também, os olhos do baixista é que construíram o limite da felicidade. Aquele olhar de reprovação voltou a incomodá-lo. Era impressionante essa sensação de que sua felicidade nunca era pura. Era como se não tivesse esse direito. Uma dúvida sempre pairava. Os limites sempre se impunham. Como odiava, naquele momento, o baixista colombiano.

O ônibus chegou, abriu a porta e o presenteou com um bafo quente, opressivo. Passou seu cartão da gratuidade. O trocador o olhou com o amor de soldado em guerra nos olhos. Decidiu ignorar e sentou-se na frente em um banco ao lado da janela. Poderia ver o Passeio Público, talvez uma cotia. O ônibus acelerou e o tranco foi inevitável, sempre era. Coçou o nariz e percebeu as pontas das suas unhas sujas. Pensou que tinha que cortá-las antes de sair para a entrevista. Pensou que encontraria com sua mãe e isso o desanimou um pouco. Não queria contar a ela sobre a entrevista. Havia um gato na porta do Campo de Santana. Não admirava muito os gatos, mas achou aquele bonito. Logo olhou para o lado porque sabia que veria o prédio da Central do Brasil.

Decidiu rapidamente ir de trem. Saltou do banco correndo. Queria lembrar-se do tamanho daquela estação. Era gigante. Com certeza, aquele espaço daria belas cenas. Estava mais animado que nos dias anteriores. Desceu correndo a escada quando o ônibus parou e sentiu raiva pelas grades que separavam as ruas. Achava aquilo insuportável para atravessar. Conseguiu uma brecha entre os carros alucinados da Presidente Vargas e correu para a Central. Sentiu aquele cheiro de pastel chinês que recepciona todo passageiro e sentiu um fluxo irresistível de pessoas que caminhavam do metrô para o trem. Ao mesmo tempo, vinha na direção contrária uma multidão saída recentemente do ramal Japeri. O encontro desses dois fluxos é que criou a humanidade! Esse pensamento fez Joel rir.

O gigantismo do prédio o agradou. Era bom ter aquele espaço na cidade para filmar. Lembrava-se do filme *Central do Brasil*. Muita coisa tinha mudado, mas não tudo. Essa impressão de que tudo mudava no Brasil, mas nunca o suficiente, o sufocou um pouco. Seguiu para a roleta de entrada e decidiu pegar a próxima composição direta, olhando no painel pregado na parede. Correu e, vendo a porta se fechar, deu um salto, encaixando-se na brecha restante. Teve que ficar em pé, porque não havia lugar livre. Quase se arrependeu de pegar o trem. Decidiu procurar por um vendedor ambulante enquanto segurava no ferro que estava cravado no meio do vagão. Ali, perto da Central, só veria os autorizados, nenhum daquela fauna irresistível que povoa o sistema ferroviário carioca. O trem começou a se movimentar devagar e a soltar aquele odor de borracha queimada tão característico, uma coisa que não mudava. O vagão foi ganhando velocidade e, então, o prédio da prefeitura apareceu como uma mancha borrada na perspectiva de Joel. Olhou para os cantos do vagão e notou os papéis de bala, as garrafas de água e a poeira dos cantos. O lixo no trem, pesquisar por que o trem sempre é mais sujo do que o metrô, era um bom outro motivo de documentário. Queria pesquisar quais faculdades de cinema existiam no Rio. Sabia que a UFF tinha uma. Provavelmente as outras universidades grandes também tinham cursos parecidos. Deveriam ser concorridos, mas isso não era exatamente um problema para um antissocial. Joel riu ao pensar isso. Não era exatamente um antissocial. Tinha amigos e alguma vida fora da escola. Olhou a UERJ. Poderia tentar fugir desse prédio, mas a verdade é que entraria onde passasse.

    Gostava da velocidade do vagão e do barulho do trilho. Isso tudo o fazia pensar em um pequeno ferrorama que ganhara quando tinha 8 ou 9 anos. Era bem simples, mas funcionava, e o barulho era parecido. Uma vez esse trem cortou uma lasca de seu dedo. Ele sangrou. Lembrava-se até hoje do imenso choro e do colo da mãe. Sentiu o coração apertar um pouco ao se lembrar disso. Era estranho pensar que as coisas nem sempre foram como elas são hoje. Já houve alma inteira e abraço de mãe. Pelo menos, Joel gostava de se lembrar assim. Pensou no pai e em sua estranha quase felicidade da noite passada. Aquilo era absurdo e incomodava muito Joel. Decidiu pressionar mais o velho para entender o que estava acontecendo. Logo, desanimou. Quando chegasse em casa, tinha que tomar um banho e se arrumar para a entrevista. Olhou agora o trem que já estava beirando a 24 de Maio. Passou pela estação de Sampaio. Notou os pequenos prédios, as baixas construções e um sol potente caindo sobre tudo. Pensou nesse sol como um machado que corta. Ele estava bem forte naquele dia. Procurou na mochila o resto de água que comprara ainda na Presidente Vargas. Desconectou a tampa e engoliu tudo. Sentiu um líquido mais fresco percorrer parte de suas veias. Sentiu o leve peso de um cansaço, meio sono, algo de quem sempre dorme mal. Ouviu uma música evangélica reproduzida de maneira precária. Ela foi interrompida e entraram a voz e as técnicas tão aguardadas por Joel:

— Cento e cinquenta e cinco sucessos da Fernanda Brum! São orações, músicas gospel, e tem até dois clipes! Todos muito bem gravados para reprodução em seu notebook, DVD player, em qualquer aparelho eletrônico de sua casa. Menos na batedeira e no videocassete. Pede para o maridão algo tecnológico!

Boa parte do vagão gargalhou. Joel simplesmente esboçou um sorriso. Um passageiro comprou, depois seguido de outro e outro... O efeito cascata de compras em trem sempre impressionava Joel. Era só um ou dois comprarem que uma avalanche de pessoas chamava o vendedor que repetia o mantra "É preço, é qualidade!" independentemente do produto. Lembrava-se de uma vez em que uma senhora de uns 80 anos comprou uma chave de fenda. A idosa mesmo, após a compra, olhou para Joel e perguntou: "O que eu vou fazer com isso?". Joel quis, na época, gargalhar, mas se conteve. Apenas inclinou a cabeça com um olhar de dúvida, devolvendo à senhora a pergunta que ela tinha feito. Por se lembrar desse episódio, agora em pé, Joel teve vontade imediata de rir. Notou sua estação chegando. Era curiosa a diminuição de construções que beiravam a linha de trem já no Engenho de Dentro. Era quase o ensaio de outra cidade com o mesmo trem, uma espécie de recusa à cidade comum. Joel adorava pensar em seu bairro como aquele que lutava contra o *status quo*. Todos deveriam ter orgulho de seu bairro. Menos os moradores da Barra. Esses deveriam sofrer. Joel pensou em um modo cruel de afogar todos eles na Avenida das Américas. Lembrou-se das imagens do tsunami e imaginou uma socialite bem clichê, chorando agarrada à estátua do shopping mais famoso, boiando em um mar de lama. Sim, porque, se houvesse uma grande onda na Barra, tudo viraria lama, por causa daquela quantidade infinita de terra do bairro. Riu disso enquanto saía do vagão e pegava a passagem subterrânea para outra plataforma. Adorava o clima policial daquela passagem. Tinha medo e parecia decadente antes. Agora, essas coisas todas antigas pareciam pérolas no meio do plástico da cidade atual.

Subiu a grande escada rolante e desceu pulando a grande escada branca. Parou em frente ao grande depósito de doces que havia ali. Se tivesse dinheiro, compraria uma sacola de 25 pipocas doces. Lembrou-se de quando fez isso. Lembrou-se também da dor de barriga. Atravessou e pulou sobre o morador de rua negro, bêbado e esquecido. Gostaria de conversar com ele, mas nunca tinha tempo. Pensou que sua mãe estaria em casa quando chegasse. Rezou por uma crise que a tivesse feito ir ao médico. Virou a esquina do posto e reparou na casa de festa azul que existia ali. Era triste uma casa desse tipo em um lugar tão pouco movimentado. A descontinuidade entre aquela casa e a rua vazia era impressionante. O Engenho de Dentro é realmente um caso único! Passou por mais duas construções novas e decidiu cuspir ali perto. Aquela vila já tinha pegado fogo e agora parecia cenário do Chaves. Achou brega, mas aceitável.

Pensou em contar a história do fogo para a Caloura quando ela fosse conhecer o bairro. Não sabia quase nada dela, nem o nome. Mas a mordida no lábio tinha sido a atitude mais sensual dos últimos tempos. Ao mesmo tempo, não significava nada. Esse não significar nada perturbava os planos de Joel. Desistir ou não? O melhor era deixar rolar. Ele estava tranquilão, numa boa, curtindo o batidão. Adorava essa música, mas ela era velha. Pensou que gostava de contrabalançar essa cultura de funk com algo mais elaborado. Pensou em Shakespeare e em alguma citação. Nunca tinha lido uma peça inteira, mas sabia que ele tinha chamado a vida de som e fúria. Adorava essa citação. Adorava essa combinação de palavras. Só não queria parecer tão superficial. Lembrou-se da parte embaraçosa daquela manhã. Lembrou-se da mão escorregando e encostando na coxa da Caloura. Apertou os olhos imediatamente e emitiu um som irreconhecível ao sentir vergonha imediata pelo que tinha acontecido. Percebeu que estaria agora sempre na mão dela. Ela chamaria aquele ato de machismo. Ela tinha dado condição, na opinião de Joel. Só que sabia que ela não perdoaria. Sentiu cansaço por isso. Queria ser tudo, menos óbvio para ela. Chegou em casa, abriu o portão e a porta e, pela primeira vez em muitos meses, sentou-se na sala para relaxar. Olhou o relógio e ele marcava quatro horas da tarde. Tinha que se apressar. Cruzou com sua mãe na cozinha.

— Meu filho, soube que você falou com seu pai ontem. Ele me disse que você vai trabalhar.

— Tenho, né, mãe? Você mesmo disse que a situação está...

— Eu sei, eu sei o que eu disse. Mas eu não queria que você fosse agora. Talvez seja bom. A longo prazo eu dou um jeito, mas agora talvez seja bom. Se eu não estivesse tão cansada...

Aquelas palavras quase fizeram Joel explodir. Odiava quando sua mãe se referia a si mesmo como cansada. Era doença. Ela tinha que encarar. Olhou-a do jeito mais duro que pode. O pico de raiva do dia anterior já tinha passado. Já poderia sentir pena dela novamente. Esse pensamento chocou Joel. Notou que havia algo de errado nele.

– Eu estou pensando em fazer outro curso de enfermagem, meu filho. Isso vai me dar alguma coisa. Tem um a distância bem baratinho. Talvez você possa me ajudar. A minha faculdade não serve para nada. Cancelo a aposentadoria e resolvo tudo.

– Mãe, eu ainda tenho que ir para a entrevista. Tenho que passar e tenho que saber o quanto vou ganhar.

– Eu sei, mas talvez nem precise também. Vou ver na internet. Leva esse pão que eu fiz. Você deve sentir fome no caminho. Vou deitar um pouco agora.

Joel lembrou-se de que estava com fome. Engoliu aquele pão caseiro. Ele sempre parecia estranho. Sua mãe não tinha jeito para modelar a massa, o aspecto era duvidoso, mas ele não podia negar que era gostoso. Tirou a roupa, entrou no chuveiro e começou a pular em baixo da água. Queria esquecer a imagem de sua mãe pedindo dinheiro antes mesmo de ele ter. Passou rapidamente o sabonete e o xampu e, para não precisar pensar, ficou olhando as bolhas de sabão. Tirou tudo com a força da água. Saiu do box, molhando tudo como sempre e passou o desodorante. Saiu do banheiro, entrou no quarto e pegou uma calça jeans que estava jogada no chão. Era escura e mais arrumada que as outras duas. Afivelou o cinto, escolheu uma blusa polo vinho e colocou seu sapatênis. Usar a mesma roupa que usaria em uma reunião de família o incomodou um pouco, mas não tinha jeito. Pensou que, assim como na reunião de família, estava indo para o matadouro. Riu, desceu a escada, abriu a porta, fechou e passou a chave.

Capítulo 6

A máquina de embalar malas foi o que mais chamou a atenção de Joel. Envolvê-la toda em um plástico vermelho por R$60 era um assalto. Joel nunca gastaria dinheiro com isso. Lembrava-se do aeroporto de uma viagem que a família fez para Fortaleza. Gostou da sensação de andar de avião e de estar em um lugar confortável. Voltava ali agora por outro motivo, menos agradável, mas não havia jeito. Se fosse para trabalhar em algum lugar, aquele era um bom. Precisava procurar rapidamente a livraria. Ela estava na área de embarque. Então, teve que se credenciar com a segurança e passar pelo detector de metais. Entrou na livraria e notou que ela era um pouco menor do que ele imaginava. Porém, a visão dos livros o agradou. Viu ainda uma menina baixinha e de cabelo loiro, arrumando uma pilha no canto. Gostou daquela visão, mas percebeu que a maioria dos atendentes era homem. Perguntou pelo gerente a um funcionário alto e moreno, que tinha uma voz bastante grossa. Ele deu um leve sorriso e levou Joel até uma pequena sala, atrás do caixa. Havia, no centro dessa sala, um homem de aproximadamente 50 anos, de óculos. Ele estava arrumando uma pilha de papéis à sua frente e olhou Joel entrar. Quando notou quem era, começou o diálogo.

– Velhinho, você é o filho do Moacyr. Na hora, igualzinho ao seu pai!

— É. Ele é bem pontual e eu sou também.
— Vocês se parecem! Mas você tem os olhos de sua mãe.
— Engraçado. Todo mundo diz o contrário disso.
— É. Talvez. Não lembro direito dela. Como ela está?

Joel se sentiu estranho com o tom dele. Não disse o próprio nome e tentou uma proximidade inexistente. Era óbvio que não tinha os olhos da mãe. Ela tinha olhos verdes e os dele eram castanhos. Essa sempre tinha sido uma prova, para Joel, de que o destino não estava ao seu lado. Uma mãe com um olhar lindo e ele com aqueles olhos normais não era um bom sinal de sorte.

— Seu pai me contou toda a situação. Ele disse que você já entendeu que ele precisa de uma nova vida, com uma nova pessoa. Rapaz, ele é dez! Precisa de uma vida assim.
— É. Algo assim...
— Então, ele me disse que vocês estavam precisando. Eu também estou precisando. Ele disse que tu é inteligente. Ou seja, tudo certo.
— Beleza. Estou pronto. Vai ser bom, então.
— Ótimo. Teu horário começa às 23h. Seu pai já disse isso?
— Sim, já, mas quando eu começo?
— Que tal tu começar hoje, agora? Aproveita que o Alecssandro está aqui, meu encarregado direto, ele já vai te explicando tudo, Moacyzinho.
— Hoje? Não sei, não vim preparado...
— Que tal isto: você começa agora, vai até às 22h, e amanhã começa com o horário correto?

Um profundo fosso de melancolia se abriu em Joel. Ele realmente não tinha o espírito preparado para o trabalho naquela hora. Assentiu com a cabeça, mas imediatos movimentos de apresentação que surgiram a partir dali não tiveram sentido. A ida à sala em anexo para pegar um avental, a entrada na pequena sala de convívio, onde havia um microondas, um banco e espaço para, no máximo, três pessoas, a apresentação a todos os outros funcionários, tudo isso não teve impacto imediato, porque uma onda de mau humor atingiu Joel. Não tinha como negar aquela proposta de treinamento. Claramente era um primeiro teste. Achou estranho o cara se referir a uma nova vida do pai, com uma nova pessoa, mas não havia espaço para falar ou perguntar alguma coisa. Decidiu se concentrar no trabalho e procurar alguma coisa boa ali. Alecssandro não ajudou muito, porque tinha uma voz irregular demais e uma ironia frequente. Ia passando pelos setores dos livros e explicando a localização de cada gênero, de cada tema, sempre fazendo uma piada. Parecia o típico puxa-saco e aquilo estressou Joel ainda mais. Todas as informações eram óbvias, apenas uma tinha soado estranha: "Não é para dar em cima de clientes!". Como assim? Com que frequência isso acontecia para que fosse informação do primeiro dia? Ficou sabendo que o nome do gerente que tinha acabado de contratá-lo com ares de familiar era Almir. Soube também que ele era tranquilo, dormia boa parte do tempo e que o trabalho consistia basicamente em empilhar livros, cadastrá-los, ajudar os clientes e, mais para frente, ser caixa. Ele poderia tentar subir na empresa, mas era difícil, porque já havia muitos candidatos na fila para o cargo de gerente. Essa última informação assustou Joel. Como alguém poderia realmente desejar esse cargo?

Ao começar a empilhar seus primeiros livros de culinária vegana, notou que não estava em posição de condenar as ambições de ninguém. Assim que começou a fazer essa primeira pilha, Alecssandro chamou sua atenção para observar melhor a ordem decrescente de tamanho, ao mesmo tempo em que mesclava bem os títulos e os temas dos livros. Aquilo pareceu, na prática, impossível a Joel. Reclamou. Alecssandro, então, respondeu delirante: "Isso é uma arte, bonitão. Uma grande e bela arte! Você não aprende no primeiro dia". Joel riu e quase ficou feliz com seu novo emprego. A verdade é que o mau humor ainda imperava, principalmente depois da informação de que ganharia um salário mínimo. Teria que dar muito dinheiro para a comida de casa e não negaria ajuda à sua mãe, o que lhe deixaria com bem pouco para uso próprio. A ideia de que esse dinheiro poderia bancar momentos de vinho com a Caloura evaporaram e deram lugar ao persistente desânimo. Tentou se concentrar em um livro sobre dieta detox. Pegou para ler e achou atraente a ideia de comer apenas alimentos naturais, mas odiou a perspectiva de parar de se alimentar de carne. Não conseguia conceber o mundo sem aquela gordura assassina, mas deliciosa. Ao mesmo tempo, achava a ideia de um macarrão de abobrinha curiosa. Ficou pensando na textura dessa comida. Massa era massa, insuperável. Porém, como seria abobrinha no papel de massa? Essa ideia lhe pareceu boa demais para ser desperdiçada. Pensou em comprar o livro. Lembrou-se de que não tinha a grana suficiente. Seria ótimo isto: endividar-se no primeiro dia de trabalho. A presença de Alecssandro interrompeu sua concentração e ele percebeu que estava parado. Não era bom criar reputação de pessoa dispersa no primeiro dia. Voltou a se concentrar na pilha. Maior, menor, B antes do C. Com a repetição da atividade, foi ficando melhor naquilo. Era bom perceber as lombadas dos livros organizadas. Começou a entender o conceito de Alecssandro e praticou mais, focando nas lombadas. Parou de olhar os títulos e notou apenas a homogeneidade da pilha que estava formando. Aquele exercício continuou por cerca de 50 minutos. Um, maior, dois, menor, M depois o N... Ao final da segunda hora de expediente, Joel achou que tinha pegado o jeito. Ficou orgulhoso de sua pilha e chamou Alecssandro.

– Sem dúvida, melhorou. Porém observe também o tema. Eu avisei. Mas foi um bom progresso. Gostei de ver, meu peixe.

Joel recebeu seu primeiro elogio, apesar de não ter aproveitado nada dos livros que empilhou. Teve uma leve sensação de falta de tempo, ao notar que tinha perdido duas horas naquela pilha, mas ficou mais animado com a ideia de que melhoraria. Um atendente bem alto chegou-se junto a ele para simplesmente observá-lo. Aquele olhar desconcertou Joel, mas ele continuou com a segunda pilha. Maior, menor, J depois o L. Vegetariano em baixo e vegana em cima. Muda a ordem. Altera do menor para o maior. Não conseguia entender aquela presença, tão próxima. Levantou o rosto e notou um olhar indecifrável no rosto desse atendente, que saiu olhando diretamente para ele. Uma atitude estranha. Aquilo fez Joel notar o próprio mal-estar.

Não tinha procurado sobre cinema, como queria. Teria que fazer a pesquisa quando chegasse em casa à noite. Olhou para a parte das revistas do outro lado da livraria e notou que não as veria tão cedo. Não estava parecendo muito vantajoso aquele trabalho arranjado pelo pai. Teria que ligar para ele quando saísse dali para dar notícias. Decidiu que perguntaria sobre alguma pessoa com quem ele estivesse. Sentiu ódio de seu pai. Sempre pensou que não teria problemas com a separação de ambos e que seu pai teria direito de buscar novas companheiras, mas, se ele já estivesse com alguém, era óbvio que tinha traído sua mãe. Parecia óbvio também que ele estava poupando dinheiro para construir essa nova vida, e que, por isso, Joel estava fazendo uma pilha enorme de livros. Imaginou uma loira com o cabelo bem amarelo, de shortinho, e bem nova, com 25 anos. Pensou no termo "vagabunda", mas logo a imagem da Caloura chamando-o de machista veio à mente. Aquilo o confundiu. Na forma como pensava nas coisas, Joel achava que a sua nova amiga estava no mesmo campo que sua mãe, duas mulheres um pouco problemáticas e instáveis. No entanto, as palavras dela agora estavam ajudando o pai dele, aquele que achava que todo feminismo era desculpa para mulher feia, uma piada da qual ninguém ria mais há 5 anos. Como uma feminista podia proteger a mulher loira de seu pai? Riu daquele questionamento, porque não sabia de fato se seu pai tinha uma mulher, se ela era loira, se ela era mais nova e se ela tinha feito algo de errado. Decidiu se concentrar novamente no que estava fazendo.

Foi para a parte de concurso público e resolveu empilhar os cadernos de questões. Direito Administrativo Constitucional e Público formavam uma grande zona. Antes de iniciar o trabalho, pensou que sempre havia o concurso público. Ele estudava com certa facilidade e poderia, por isso, safar-se do desemprego fazendo um concurso qualquer. Seu pai sempre ridicularizava funcionário público, dizendo que quem sustentava essa "corja" era ele, com sua visão de negócio. Talvez isso tenha criado em Joel algum tipo de desprezo natural pela profissão. Mas a figura do pai, agora, pensou Joel, não era mais referência para nada. Talvez a segurança de um trabalho repetitivo fosse algo mais importante para ele do que a emoção do cinema. Começou a fazer a pilha e, quando estava no início, ainda com a ideia do concurso público na cabeça, Alecssandro apareceu para vigiá-lo. Joel decidiu se arriscar.

– O que você acha de fazer concurso público?

– Já está pensando em se demitir no primeiro dia?

– Não... Não é isso... Para a vida. O que você acha de alguém ser funcionário público?

– Cara, atualmente acho furada. Minha mãe é, trabalha muito, ouve muita idiotice e não está feliz com o que faz.

– Mas tem segurança, né?

– É, meu peixe, tem sim. Todo dia ela fala bem disso. Tem uma casa própria, paga a faculdade da minha irmã, mas toma antidepressivo pra caramba. Segurança é uma falsa segurança.

Joel imediatamente pensou em dizer que antidepressivo não era uma exclusividade de funcionários públicos. Desistiu.

Concordou com a cabeça e voltou a se concentrar no trabalho antes que tivesse a atenção chamada. O problema é que tinha gostado da ideia de cinema, mas não tinha percebido ainda aquela sensação de encaixe. Precisava de outros planos, de outras ideias. Não poderia fugir, não poderia fundar uma empresa, não poderia dar aulas. Talvez um emprego administrativo fosse a resposta. Lembrou-se de um episódio de *A teoria do Big Bang* em que o personagem principal resolve buscar um emprego medíocre para ter melhores ideias, porque isso liberaria mais espaço no cérebro para as sacadas brilhantes. Gostou do episódio e isso talvez se aplicasse a ele. Riu e percebeu que estava compondo a pilha de maneira equivocada. Concentrou-se novamente naquela repetição. Maior, menor. F e depois o G. Direito Tributário e Direito Constitucional. Mais uma vez aquilo e olhou para duas pilhas ainda melhores do que as anteriores. Procurou o relógio da loja e notou que eram 21h45. Olhou para o balcão do caixa; Almir estava lá e disse:

– Pode ir, menino. Grande beijo na tua mãe.

Foi para a sala de convívio, deixou seu avental e seu crachá de iniciante. Conferiu sua carteira e cruzou olhares pela primeira vez com a loira da entrada na loja. Ela acenou com a cabeça. Percebeu que tinha chances ali e aquilo o animou a voltar no dia seguinte. Pegaria mais tarde e provavelmente cruzaria com ela. Não tinha nada com a Caloura, podia facilmente investir. Sentiu que alguma coisa estava acontecendo dentro dele. Caminhando pelo aeroporto, decidiu ligar para o pai. Sacudiu as mãos dentro do bolso e achou o celular. Destravou e realizou a chamada.

— Alô, pai? Acabei de sair da livraria. Já até trabalhei hoje.
— Que ótimo, camarada. Lembrou do Almir? Você já tinha visto ele em um churrasco. Um figura. Está me ajudando muito!
— Não lembrei não. Um figuraça. Deixa eu te perguntar outra coisa. Você já está com alguém?
— Cara, vou te falar, o Almir é um bocudo sem vergonha. E o que isso te interessa, Joel?
— Nada. Só queria saber se eu estou trabalhando porque você não tem condições de me bancar, ou você, na verdade, quer criar uma nova vida do nada.
— Meu filho, não fala isso. Alguma coisa já te faltou? E tem outro ponto aí. Você já tem 18 anos, camarada. Não aja como se fosse um menino. Você não é.
— Deixa de ser babaca, pai. Eu posso trabalhar muito, mas isso não acaba com a sacanagem que você está fazendo.
— Não fale assim comigo, seu moleque! Que sacanagem? Do que você está...

Joel decidiu desligar. O peso dramático daquela conversa estava excessivo. Arrependeu-se de ter xingado seu pai, mas sabia que ele estava tentando manipulá-lo. De fato, não era mais um garoto. Mas usar isso para não mandar dinheiro já era um absurdo. Lembrou-se de que seu pai começou a trabalhar com 16 anos. Sentiu-se pior. Era hora de descansar um pouco.

Capítulo 7

Estava na mesa, assistindo à aula sobre Modernismo e pensando na imagem da Caloura na entrada. Estava orgulhoso agora do ímpeto de falar com ela e chamá-la para sair à tarde. Seria o primeiro dia dele no trabalho de madrugada. Então era necessário algo breve, um almoço. Estranhamente ela estava com um olhar fundo, como se tivesse chorado muito. Ele teve curiosidade e perguntou. Ela disse que depois falava. A curiosidade foi aumentando. Joel não conseguiu se segurar. Pegou o celular, pediu para ir ao banheiro e foi até a sala dela. Na janela da sala, conseguiu localizá-la e chamar a atenção dela. Ao perceber, a Caloura se levantou, pediu permissão e foi até ele.

– O que foi?

– Eu fiquei preocupado com seu olhar hoje.

– Ai, meu Deus, que fofo!

– É sério. Você estava muito ausente.

– Cara, é uma história longa, muito grande. E nós estamos no meio de nossas aulas.

– Você vai me desculpar, mas eu tenho um problema sério. Além de ser muito fofo, eu sou curioso demais. Você vai ter que me contar para me saciar, não para se consolar.

– Você, hein?! Vamos descer, então. Te conto lá no banco.

Os dois desceram o lance de escadas que separava aquele andar de salas do pátio e foram andando até os bancos em silêncio. Aquela manhã de outono estava agradável. Muitas folhas no chão e um vento frio levemente cortante compunham um cenário belo de se ver. Escolheram um assento afastado da movimentação geral do pátio e sentaram-se de frente um para o outro. De repente, um beija-flor apareceu para voar ao redor das flores ali perto e Joel ficou realmente feliz com aquela imagem. A Caloura interrompeu aquele pensamento.

— Eu adoro beija-flor.

— Eu gosto da palavra. Tem uma música do Nação Zumbi chamada Maracatu Atômico. Ela começa com "O bico do beija-flor, beija a flor, beija a flor". Adoro esse início.

— Não conheço. Vou procurar.

— Faz isso, sim. Mas agora me conta tudo.

— Cara, é uma história meio longa e eu nem sei por onde começar. Meu nome é Laís, tá. Assim, eu nasci no Rio de Janeiro. Vivi aqui até os meus dez anos. Meu pai trabalhava em um banco e um dia recebeu uma proposta para gerenciar uma agência no interior de Minas. Como minha mãe queria a todo custo parar de trabalhar para ficar mais tempo comigo, ela largou o emprego de vendedora em um shopping que ela tinha aqui na época e nós fomos. Eles sempre brigaram um pouco, mas, de maneira geral, lembro da minha infância de uma maneira harmônica, bem tranquila mesmo. Fomos e começamos bem lá. O dinheiro no interior rende mais, e conseguíamos ir a festas, viajamos um pouco pelo Brasil. O início foi bem legal mesmo, marcante. Mas, aos poucos, as coisas foram mudando. Cidade pequena do interior é bom para economizar, tem pouca coisa para se gastar dinheiro, mas isso tem um efeito colateral ruim. Não tem nada para fazer diariamente nesses lugares. Nada, não. Tem bar. As pessoas simplesmente vão ao bar todos os dias. Meu pai já gostava de beber antes. Mas, sei lá, tinha ficado bêbado três vezes na vida que eu me lembre até a gente se mudar. "O problema é que, nessa cidade nova, ele passou a beber, pelo menos um pouco, todo santo dia. Era assim religioso. No início foi até tudo engraçado. Ele chegava mais animado, minha mãe já estava mais descansada do que antes, e todos dançavam e riam. O problema é que a vida cotidiana é, na verdade, o inferno de todos nós. Isso foi se repetindo durante meses e foi gradativamente perdendo a graça, o interesse. No final do primeiro ano, o clima lá em casa já era outro. Toda vez que meu pai chegava meio alto, minha mãe ia direto pra cama, para se esconder e dormir. E ele ficava reclamando alto, claro que os vizinhos ouviam. E, cara, cidade pequena é muito diferente. Você com certeza já ouviu uma música do Caetano que chama "A luz de Tieta". Ela é famosa e tem aquela parte: "êta, êta, êta, êta! É a lua, é o sol...". Então, essa música tem um verso perfeito para descrever cidade do interior: "Todo mundo quer saber com quem você se deita, nada pode prosperar". Menino, você não imagina o nível de fofoca desses lugares, ainda mais conosco, que não éramos de lá. Ao perceber que todo mundo começou a comentar das bebedeiras diárias do meu pai, minha mãe foi ficando cada vez mais nervosa e sem graça. Ela é muito discreta e não gosta de fofoca. Em vez de se retirar da sala, minha mãe começou a cobrar cada vez mais meu pai. As brigas foram ficando muito ruins. Minha mãe começou a xingar muito ele. Ela usava termos pesados na minha frente e ele dizia coisas tenebrosas para ela. E teve o dia em que tudo mudou. E é importante que você entenda isso. Mudou, porque um limite foi ultrapassado. Nesse dia, minha mãe tinha ido ao mercado de tarde comprar tempero comigo. Quando estávamos voltando, na nossa rua, vimos duas vizinhas, na porta, cochichando. Minha mãe logo percebeu que elas estavam falando da gente. Isso imediatamente fez com que ela acelerasse o passo, nervosa. Quando estávamos abrindo a porta, ouvimos o grito: "Mulher de malandro e mal-educada!". Minha mãe não falou nada no momento, mas, quando entrou na cozinha, jogou as compras no chão e começou a chorar com muita raiva. Pegou um vaso que tinha na nossa mesa e jogou na parede. Foi uma cena horrorosa. E eu previ que o que estava para vir seria muito pior.

"Naquele dia, meu pai chegou bem mais tarde do que o normal e minha mãe estava esperando com um rosto que eu nunca mais vou me esquecer. Assim que ele entrou em casa, ela perguntou o que ele tinha feito naquele dia. Ela falou dos comentários das vizinhas e imediatamente emendou três xingamentos. Quando meu pai começou a falar, percebi que ele estava mais bêbado do que o normal. Contou que tinha saído mais cedo da agência para visitar um cliente. Emendou com esse cliente no bar. Contou que chamou, de brincadeira, umas mulheres que passavam para beber com eles. Elas entenderam mal e depois ele percebeu que uma delas era uma das vizinhas. Minha mãe ficou mais furiosa ainda, se isso era possível. Xingou ainda mais, dizendo que não merecia aquela exposição. E, nesse momento, eu senti a mudança em meu pai. Ele aumentou o tom de voz como nunca antes, disse que não tinha feito nada demais e que não aceitaria ser humilhado na casa dele, na casa que ele sustentava com o próprio dinheiro. Sim! Porque, se minha mãe quisesse sair que saísse, mas que ele não daria um tostão para ela. Que ela lembrasse que era sustentada.

"A intensidade das palavras de minha mãe aumentou muito e ela começou a gritar tudo na cara de meu pai. De repente, um tapa dele voou na cara dela. Eu tomei um susto e nunca mais vou me esquecer do medo que eu senti na hora. Meu pai pegou minha mãe pelo braço e levou-a para o banheiro. Lá, as coisas começaram a quebrar, mas eu não ouvi grito nenhum. Corri para o meu quarto, tranquei a porta e comecei a ouvir umas músicas francesas que tinha baixado naquele dia. Dormi. O dia seguinte era sábado e, quando levantei, vi minha mãe calada, com cara de quem não tinha dormido nada, mas sem marcas de agressão, arrumando a cozinha para o café completamente fechada em si mesma.

"A partir daquele dia, eu passei a presenciar mais agressões e o medo foi se estabilizando até fazer parte do meu cotidiano. Foi horrível! Enfim, isso durou um ano e meio. Foi nesse tempo em que me viciei em filme. A cidade era pequena, mas, pelo menos, tinha acesso à internet. Conseguia baixar tudo e comecei a procurar pelo diretor. Vi cada coisa! Mas minha mãe foi ficando cada dia mais fechada por causa dos abusos semanais. Ela sempre foi muito pra cima. Sabia que não ia durar muito. Um ano e meio depois daquele primeiro tapa, ela decidiu voltar para o Rio e deixar meu pai lá. Foi impressionante como o que senti foi só alívio. Não me entenda mal. Eu até gosto do meu pai. Mas não queria mais viver com aquelas cenas horrorosas. Foi tudo terrível e fiquei feliz com a mudança. Aquela cidade tinha acabado com ele e com a nossa família. Era hora de algo novo.

"No ano passado, fiquei sem estudar e li muito em casa. Estamos morando em uma casa de meu avô que estava fechada no Engenho Novo. As coisas começaram a melhorar e eu entrei aqui agora. Minha mãe conseguiu uma transferência da escola da outra cidade lá de Minas para cá. Ela voltou a trabalhar no shopping e minhas tias estão ajudando. Estava tudo bem. Só que ontem de manhã minha mãe disse repentinamente, depois de um ano sem falar nele ou sem ele mandar notícias, que meu pai estava voltando para casa. Ela sentou comigo para explicar a situação e disse que eles estavam conversando há seis meses. Ela disse que meu pai estava sóbrio e que queria mais uma chance. Ela achava que poderia fazer isso. E isso me desesperou, principalmente porque o medo que eu passei a sentir estava relativamente controlado, dentro da ordem. Ontem, por exemplo, eu já não consegui dormir."

– Cara, que história barra. Meu Deus, nem imagino como você está se sentindo agora. Principalmente depois do dia ontem, que eu achei agradável.

– Então, eu queria falar também com você sobre ontem.

– Que filmaço, hein?! Passei boa parte do meu dia pensando nele. Mas me fala. Você agora tem que ser escutada.

– Não, você tem razão. É muito bom mesmo. Ótimo. Eu também pensei nele ontem. O negócio é o seguinte. Depois que você foi embora, eu saí com o Thiago e fomos comer. O Thiago é um grande amigo de muito tempo. Eu te mandei rápido para casa porque precisava conversar sobre essas coisas com ele. Ele é filho de uns amigos de minha mãe. Sempre tivemos uma sintonia legal e eu me sinto muito à vontade com ele. Ele sabe da história toda, porque, mesmo lá em Minas, eu mandava notícias. Ele compartilhava os filmes e as músicas comigo. Ontem eu realmente precisava dele. Deixa até eu te falar uma coisa. A princípio eu queria você, mas eu precisava dele.

– O que você quer dizer?

– Nós já ficamos algumas vezes inclusive. Eu almocei com ele e depois nós ficamos de novo. Inclusive eu dormi na casa dele.

– E vocês são íntimos?

– Sim.

– Quanto?

– Bastante.

– Vocês transaram?

– Sim.

Aquela resposta foi um golpe no sentimento de compaixão de Joel. A irritação foi imediata. O pior é que nem poderia ser grosseiro com ela para se vingar. Ela tinha acabado de contar uma história horrorosa. Na verdade, em algum lugar, ele já sabia daquilo. Nem achou absurdo eles ficarem, em tese. Saber que eles dormiram juntos é que foi um golpe na autoestima. Precisava imediatamente se proteger. Não sentia nada de muito mais agudo agora, mas entendeu aquela situação como uma bomba-relógio. A qualquer momento, ele poderia sentir algum tipo de decepção com ela. Thiago era mais bem preparado que ele. Joel pensou que não tinha chances.

— Tudo bem... Nada demais. Não temos nada. Você nem precisava me contar isso.

— Mas eu quis. Eu gostei de morder você ontem, sabe. Acho que podemos ou poderíamos ter algo, mas ontem foi um dia atípico. Precisava do Thiago.

— Não fica repetindo o verbo precisar. Eu já entendi. Estou de boa.

— Cara, não seja assim evasivo. Eu me abri com você.

— Pode deixar que eu não vou fazer o que o Nelsinho fez. Fica tranquila e te cuida.

— Você não entendeu...

— Eu preciso subir.

Joel foi andando e virou as costas para a escada. Desejava o quanto antes sair daquela conversa. Não queria lidar com aquela confusão toda. Ele estava se sentindo um idiota. Só tinha conseguido um beijo e ficou imaginando mais coisa. Ele acreditou que poderia sofrer a qualquer momento, estava sensível. Mas não conseguia parar de pensar no que ela poderia estar sentindo com a volta do pai. Como seria presenciar uma briga física entre os dois? Joel já tinha visto discussões muito sérias entre seus pais, mas nada que chegasse perto do plano físico. Esse tipo de conflito era estranho a ele. Ao chegar na sala, reparou que todos já tinham descido e que sua mochila estava só em cima da mesa. O professor provavelmente liberara alguns minutos antes do recreio e ninguém tinha se lembrado de levar a mochila dele.

Olhar aquela sala vazia com uma mochila em cima da mesa o angustiou um pouco. Parecia uma metáfora. Essa percepção de que estava completamente sozinho o assombrava.

O dia anterior tinha sido melhor, um pouco mais agradável desde que seu pai tinha saído de casa. Olhou para o dedo e pensou na pele que saía naquela noite na Lapa. A dor que ele esperava ainda não tinha vindo. Talvez o que viria a partir de agora seria essa angústia. Pegou a mochila e decidiu descer. Encontrou com Laís na escada.

– Só queria te dizer uma coisa, Joel. Independentemente de tudo, eu não quero me sentir sozinha aqui e acho que você também não. E acho que com você eu me sinto com alguém.

– Beleza. Tudo bem. Eu preciso ir para o intervalo.

Tinha gostado do que ela falou. Porém, não queria ter que lidar com ciúme agora. Procurou Leo para poder rir um pouco. Olhou para o canto direito do pátio e viu um grupo de alunos reunidos e Leo no meio contando uma de suas histórias. Era exatamente disso que precisava. Ele já estava até se deitando no banco só para fazer suas graças. Correu até lá.

– ... é sério. Aí o Nelsinho teve a cara de pau de olhar para o céu e comentar com a menina "A lua está bonita, né?". Aí a menina respondeu meio sem entender. "Sim". "É que a lua favorece os amantes". Não riam não. É sério. O cara falou essa parada mesmo. Tipo cantada de treze anos. A menina riu, falou que ia ao banheiro e não voltou. Não adianta negar, Nelsinho. Tu sabe que é verdade. Ela ficou agarrada maior tempão com o DJ. E tu lá olhando a lua. Muito bom na cantada. Um especialista.

– Isso é inveja do Leo. Ela teve que ir embora.

– Ir embora? E aquela garota agarrada com o DJ, então? Era quem?

– Irmã gêmea...

Até Nelsinho riu quando disse aquilo. Todos começaram a gargalhar e Joel percebeu que precisava um pouco mais de risos. Olhou para Leo. Ele retribuiu e emendou.

– Agora vocês têm que ver o Manolo aqui. Ele pegou a Joana depois de uma festa. Foram embora juntos! Ele não fez nenhuma menção ridícula à lua. Não adianta me empurrar, Nelsinho. Você faz besteira e não quer que eu conte. Não tem isso aqui. Então, deixa eu voltar na minha linha de raciocínio. Aí, vocês conhecem a Joana, né? Aquele fenômeno da natureza. Aquele acontecimento todo. Então, aí ele saiu de uma festa com ela e eu fiquei naquela curiosidade. "Ele vai me contar os detalhes." pensei no dia mesmo.

– Cara, que detalhes? Eu nunca contaria os detalhes para você ficar no banheiro pensando em mim...

– Uma grande injustiça. Eu queria os detalhes para fazer seu controle de qualidade, porque eu sou muito mais experiente. Então liguei para ele no dia seguinte e perguntei, né? "Manolo, como você falhou com ela?" Aí esse cara com a maior voz de sono me diz o seguinte: "Cara, não rolou química. Ela não é a minha alma gêmea. Então, pedi para ela ir para casa". Vocês acreditam nisso? Temos aqui o Nelsinho. Um rapaz que dá as piores cantadas da história. E temos o Joel, um rapaz incapaz de ficar com uma dama, mesmo que ela queira. Este colégio está perdido! Se o Militar souber, nós seremos zoados demais. Vamos virar até meme de aplicativo. Uma vergonha. A sorte de vocês é que faço propaganda baseada na minha própria vida. O que nos garante um belo cartaz.

– Ah, é? Se tu contou minha história com a Joana, por que você não conta a sua com aquela Selma, sua amiga?

– Rapaz, agora a gente precisa falar da matéria de Português que você perdeu, esquece isso.

Todos riram e Joel conseguiu alguma força para sua primeira jornada de trabalho de 8 horas depois de descobrir que tinha levado um quase chifre.

Capítulo 8

Ao saírem da casa de Leo, Joel e o amigo foram para o metrô pegar o caminho da praia. Joel, no meio da aula de História, decidiu chamar Leo para um passeio. Queria aproveitar sua última tarde livre antes de ter que ocupá-las com o sono. Joel gostou da ideia de pegar sungas e toalhas na casa de Leo, que morava há duas quadras do colégio. Ao sair de casa, eles resolveram pegar o metrô na estação de São Cristóvão. Lá, Joel estava se sentindo um pouco melhor com a presença do amigo. Não queria ficar sozinho. Estava com medo.

– Leo, hoje eu vou trabalhar a madrugada toda. Já tinha te falado isso?

– Não, Manolo. Que beleza! Algum trabalho da escola que eu perdi? Coloca meu nome...

– Não, rapaz. Depois que meu pai saiu de casa, descobri que estamos quebrados. Meu pai me arrumou esse trampo para eu ajudar em casa. Para comida, você acredita nisso?

– Caramba, Joel. Que coisa. Nem imaginava. Onde vai ser?

– Em uma livraria no aeroporto. Começo à noite e entro por toda a madrugada. Depois vou direto para a escola. O trabalho não é difícil, mas vai ser cansativo.

– É, rapaz... Mas isso pode te atrapalhar no ENEM. Já sabe o que tu vai fazer?

– Cara, então, isso é outra coisa. Eu estava pensando em fazer qualquer coisa longe de casa. Mas agora sem dinheiro vai ficar muito difícil. E ontem aconteceu uma parada aparentemente maneira, mas, enfim, acabou errado...

– Como assim, Manolo?

– Cara, ontem eu saí com a Caloura. É, eu sei, não faz essa cara. Encontrei com ela no ônibus. Ela me chamou para ir ao cinema e eu aceitei. Fomos e ficamos um pouco. O filme era ótimo. Estava decidido hoje a fazer Cinema de tão empolgado. Aí cheguei na escola. Conversei com ela e descobri que, no mesmo dia, ela ficou com outro cara. Transaram, inclusive. O pior é que estou achando o filme um saco e a ideia de fazer Cinema idiota. É, pode rir.

– Olha só, Manolo. Você é muito divertido. Ficou com a Caloura, hein? Ela é demais. Metralhadora giratória. Grande estilo!

– Não fala isso, não, cara. As coisas são mais complicadas.

– É. Que bonito. Defendendo...

— É sério. Hoje ela me contou umas paradas meio pessoais bem barra pesadas.

— Cara, ela ficou com outro no mesmo dia! Virou Madre Teresa?

— Ah, rapaz. Sei lá. Eu sei que devia ficar irritado. É que se você soubesse da história toda ia entender.

— Manolo, as pessoas se desculpam demais pelos próprios problemas. Ela só não deveria ter feito isso. Quem é bom mesmo supera as dificuldades. Não fica choramingando.

— É, deve ser fácil para quem tem tudo certinho não ficar choramingando. Parabéns por superar suas dificuldades.

— Deixa de ser babaca, cara. Você sabe que minha família passa por dificuldades. A gente não viaja há três anos por causa da crise. Só como frango e cachorro quente agora.

— Nossa! Temos um candidato ao Nobel da Paz aqui, passageiros do metrô.

— Manolo, por que você está tão agressivo?

— Leo, você vai me desculpar, mas meu pai saiu de casa, minha mãe está deprimida, estamos quebrados, eu vou trabalhar de madrugada e estou vendo minhas chances diminuírem na faculdade! Achei sacanagem o que ela fez? Achei. Mas não estou com paciência para a meritocracia agora não.

— É, talvez você tenha razão. É que às vezes eu me coloco como parâmetro. E aí eu esqueço que meu nível é muito alto. É tipo Barcelona. Não posso me comparar com o Flamengo. Tem limitações. Foi mal.

— Cara, você é muito bobo...

– Eu não sabia desse quadro todo. Foi mal, mas você tem que tentar fazer o seu melhor agora.

– Eu sei disso, cara. Você acha que eu não sei? O problema é que eu estou com menos margem de manobra.

– Botafogo está chegando. Vamos descer para fazer a transferência. É, cara. Vamos para a praia. Eu não vou conseguir te ajudar agora. Se você quiser, pode morar lá em casa.

– É uma boa ideia, Leo. Sempre senti certo afeto pela sua mãe.

– É. Ela tem pena de crianças carentes mesmo. Vai te adorar.

Desceram em Botafogo e Joel parou para observar a plataforma e perceber o mar de gente que sempre entrava no metrô. Milhares de pessoas todos os dias. Cada uma com seus próprios problemas, traçando um caminho único. Joel viu uma senhora grávida com duas sacolas enormes na outra plataforma. Ela era negra, provavelmente com 40 anos. Estava compenetrada, olhando para frente. De repente abriu um largo sorriso. Joel seguiu os olhos da mulher para descobrir o motivo do riso. Viu que ela estava olhando um rato mordendo um pedaço de carne correndo nos trilhos. Aquilo pareceu a Joel primeiramente nojento e estranho. Depois ele entendeu. Veio o novo metrô da linha 1. Embarcou e ajeitou-se em um canto de frente para Leo. Eles estavam calados, porque agora o ambiente estava muito barulhento. De repente, Joel começou a ouvir vozes muito altas no meio do vagão. Focou sua atenção lá e percebeu um casal brigando.

– Você só pode estar brincando! Eu odeio você! Você é ridículo. Frouxo. Tira a mão de mim.

— Fala baixo, favelada! Olha que eu enfio a mão na sua cara agora!

Joel sentiu um mal estar no estômago ao ouvir aquela gritaria. Rapidamente o Metrô chegou à Siqueira Campos e eles desceram. Gostava de Ipanema, mas queria ir a Copacabana para poder pegar o 455 e voltar mais rapidamente. Ao descer, o sentimento de estômago embrulhado aumentou. O que teria provocado aquela discussão horrorosa? O homem bateria naquela mulher? E o que Joel faria se alguma vez alguma namorada sua o chamasse de frouxo? Ainda mais com aquele tom de voz estridente e debochado? Não quis mais pensar nisso. Olhou para o lado e notou que Leo estava mais calado do que o normal depois da conversa. Decidiu retomar o diálogo agora que o ambiente em volta era mais silencioso.

— Rapaz, o que você achou daquela cena de amor ali no vagão?

— Foi triste, né?

— Triste? O que deu em você? Pirou o cabeção? Cadê as impiedosas ironias?

— Nada...

— Como assim?

— É que a nossa conversa e essa cena me lembraram um dia da minha vida.

— Ai, meu Deus. Já vi que hoje é o dia da história... Fala que agora eu fiquei curioso.

— Não, não é nada demais. Lembra que eu te contei que eu morava ali no Méier... Quero dizer, ali no Lins?

– Isso. Perto de mim, um pouco. Lembro sim.

– Então, eu morei ali, no andar do térreo. Ali eu morei uns 6 anos. Um dia, quando eu tinha dez anos, minha mãe e meu pai começaram a discutir. Eles sempre brigaram muito antes de eles se converterem, mas naquele dia tudo foi pior. Foi muito feio mesmo. Eles tinham dado uma festa no salão do prédio. Pelo que eu me lembro, o jantar tinha sido legal, eles tinham se divertido. Enfim, durante o encontro eu não notei nada demais. Isso aumentou minha surpresa.

"Quando todo mundo já tinha ido embora, começamos a arrumar as coisas. É engraçado, porque eu era pequeno e isso ficou bem marcado. Quando eu estava no quarto arrumando os meus brinquedos, comecei a escutar os pratos quebrando, e os gritos do meu pai e da minha mãe. Lembro de, no primeiro momento, ficar muito assustado. Fiquei em pânico mesmo. Lembro que minha perna chegou a tremer. Manolo, foi terrível. Acho que foi o único dia da minha vida que eu senti medo. Sério, sério. Presta atenção. Voltando aqui. Agora sério. Eu fiquei com tanto medo que eu esperei para ver o que estava acontecendo. As coisas continuaram a quebrar e agora eles estavam se xingando.

"Resolvi ir até lá. Para pedir para eles pararem, mas estava com tanto medo que fui bem devagar. Quando cheguei no salão, que também ficava no térreo, olhei que eles estavam atrás da mesa que eles tinham arrumado. Eles estavam gritando de cara colada um no outro. Eu vi o rosto da minha mãe de um jeito inédito. Era tanto ódio, tanta raiva. Eu não me lembro exatamente das palavras, mas eu me lembro que minha mãe disse que tinha um amante e que esse cara era muito melhor na cama do que meu pai. Ela disse isso gritando. E, naquele prédio que eu te mostrei, com certeza a maioria dos moradores ouviu tudo. Foi horrível. Eu lembro que meu pai pegou ela nos braços e a sacudiu. Eu fiquei com vontade de chorar na hora. Pedi para eles pararem e, então, eles perceberam que eu estava ali. Olharam para mim e se deram conta de toda a situação. Imediatamente meu pai soltou os braços da minha mãe, e eles vieram até mim. Me pediram desculpas e falaram que estava tudo bem. Não lembro direito das coisas depois disso. Mas lembro que minha mãe me levou para cama e falou para eu descansar. O que eu me lembro muito bem foi que, naquela noite, eu não dormi nada.

"Muitas coisas mudaram lá em casa. Eles se converteram, meu pai melhorou no emprego. Subiu na empresa. Você sabe que ele trabalha muito. Minha mãe realmente ficou mais calma. Sabe essa imagem de casais religiosos que é passada na televisão e nos artigos de jornal, e até as coisas que nossos professores falam sobre isso? Então, a maioria é idiotice. Meu pais não pioraram ou se tornaram otários por causa da conversão. Eles falam um monte de bobagem agora e provavelmente se divertem menos, mas isso é outra coisa. Então, como eu ia dizendo, muita coisa mudou lá em casa depois da conversão. Inclusive seria mentira dizer que eu não amo muito os meus pais. Mas a cena de eles brigando, as feições de terror, tudo isso me traumatizou demais, mas me deu uma certeza, é claro, uma grande certeza: eu nunca vou passar por uma briga dessas. Desde então, cara, eu me pergunto: com internet, passagem aérea barata,

diversão a rodo, por que precisamos casar bonitinho desse jeito? Só pra machucar o outro. É para isso que serve. Só para isso."
— Leo, caramba. Nem sei o que dizer. Eu sabia que você tinha certo desprezo pelos seus pais, mas não confiar? E essa história de não querer casar?
— É, Manolo. Cada um consegue o que é melhor para si. É por isso que quero sair do Rio, abrir minha empresa, ganhar muito dinheiro nesse lindo livre mercado e viver viajando.

Os dois chegaram na areia e tiraram os sapatos. Joel tirou a blusa do uniforme e olhou para Leo, que fez o mesmo. Joel quis dizer algo. Nada que não fosse um clichê de autoajuda surgiu em sua mente. Decidiu ficar quieto enquanto não tinha mais nada para falar. Tirou a calça e ficou apenas com a sunga que Leo havia emprestado. O sol estava aberto e não estava muito quente. A temperatura estava ideal. Olhou para o lado e viu um grupo de adolescentes jogando futebol na areia. Pensou em ir lá e pedir para jogar também. O problema era que Leo jogava muito mal. Ele nem aceitaria. Não era mesmo hora disso. Deixaram a roupa com o dono da barraca de cervejas que ficava parada ali na areia. Joel propôs uma corrida até a água. Embalaram e correram. Joel deu três saltos no raso antes de mergulhar. Gostava disso. Gostava de sentir a água gelada da praia de Copacabana golpear seus ossos, antes de um mergulho redentor que provocava o equilíbrio térmico necessário. Sentiu o barulho da própria respiração na água e, pela primeira vez, em dias, sentiu-se sortudo. Sentiu-se bem por ter aquele mar à disposição e Leo para sair com ele. Fechou os olhos e perfurou a onda que veio.

Queria sentir um pouco de adrenalina e começou a nadar para o fundo até depois das ondas. Ficou sem chão na água. Gostava disso. Nadava bem, sabia disso e se aproveitava de suas habilidades. Começou a boiar. Estar depois das ondas era bom também por esse motivo: podia flutuar. Olhou para o céu e percebeu o céu azul quase límpido, com duas nuvens na borda. Sentiu que sua respiração estava entrando em um ritmo calmo. Fechou os olhos e percebeu a escuridão. Abriu de novo e voltou a olhar o céu. Percebeu que aquele céu estava mudando para ele. Esse céu não tinha mais a poesia de antes. Ele parecia muito mais duro, muito mais seco, muito mais perigoso. Mas estava tudo certo. Joel tinha começado a perceber que talvez tivesse que aceitar o desafio. Olhou para Leo e ele não estava longe, boiando também. Eles se olharam e Leo se arrumou para nadar até a areia. Começou a bater as pernas e os braços bem rapidamente para chegar na parte da água em que o mar já puxava para o raso. Joel notou aquilo com certa admiração. O fato de existirem diversas dores o animou um pouco. Esse sentimento até parecia macabro para ele. Como o sofrimento dos outros poderia acalmá-lo? Não sabia, não interessava. Já tinha decidido não fazer mais Psicologia e a verdade é que essa calma momentânea servia. Decidiu nadar também até a areia. Olhou para Leo, e ele já estava saindo da água. Decidiu ir por baixo da superfície e mergulhou. O problema é que na praia não podia abrir o olho quando estava submerso. Voltou para cima e, nadando, conseguiu ultrapassar a barreira das ondas. Esperou um pouco para pegar um jacaré. Estava cansado e achava divertido deslizar até o raso. Quando viu a onda começar a se formar, aprumou o corpo, deixou a correnteza encaixá-lo na onda e, batendo de leve as pernas, colocou os braços para trás e foi levado pela onda até quase a areia. Feliz com o sucesso do movimento, Joel se levantou, ajeitou a sunga e começou a andar até Leo, que estava sentado próximo à água olhando o horizonte.

— Rapaz, eu gosto demais dessa água.

— Você é louco, Manolo. Aqui é muito frio. Só aceito vir aqui por sua causa.

— Olha, ele é tão generoso! Mas está sendo bom. Vou sentir falta de vir aqui.

— É, imagino. Esse trabalho vai ser barra pesada mesmo. O problema é que sem trabalho a gente veio pouco aqui também. Perdemos sempre muitas oportunidades.

— Por falar nisso, sobre a história que você acabou de me contar sobre a briga entre seu pai e sua mãe, eu só não gostei de uma coisa, Leo.

— Fala, Manolo. Adoro esse tom solene. Lá vem uma pérola.

— É sério, deixa de ser debochado. Você não está sozinho. Não age como se você estivesse. Faz o que tu quiser da sua vida, mas você tem outras pessoas.

— Cara, para com isso que eu estou ficando emocionado aqui. Vou pensar até em montar uma comunidade hippie pra gente ficar fumando maconha.

— Não tem jeito, né, rapaz? Você é sempre esse poço de ironia. Enfim, estamos aí.

– Eu sei, eu sei. Mas eu não vou te sustentar não. Nem inventa, nem vem. Porque você vai ser um perdido na vida. Cinema, cara? Está maluco? Isso dá dinheiro onde?

– Cara, já desisti disso. Não faço a menor ideia ainda do que vou fazer.

– Manolo, você já reparou que adora os lugares?

– Não.

– É assim. Você adora o seu bairro. Você adora o Engenhão. Deus me livre. Você adora a praia. Você gosta até de ônibus. E o que o ônibus faz? Passa pelos lugares.

– É verdade. Mas isso não dá profissão.

– Claro que dá. Você pode escolher alguma coisa para viajar. Você pode construir casa. Isso no Brasil dá muito dinheiro.

– Como assim construir casa?

– Assim, ó. Você junta um dinheiro nesse trabalho aí. Aí começa a pegar uns terrenos em lugares que estão começando a crescer, tipo Campo Grande tem um monte.

– O que eu vou fazer com um terreno em Campo Grande, cara. Está louco?

– Calma. Escuta. Aí você compra o terreno e começa a construir a casa. Ela sai muito mais barata construída por você. Aí quando já tudo estiver pronto, você vende com uma margem de uns 50%. É lucro certo.

– Que ideia, cara. E eu vou morar onde depois?

– Então, essa é a parte legal do plano. Depois você vai para outro lugar. Pode ser do Brasil. E aí você faz o mesmo.

– Cara, o plano parece realmente bom, Leo.

– É bom. Conheci já um monte de gente da internet que faz isso. Tem uma mulher que conheceu o país inteiro.

– É legal, mas tem um problema.

– Qual, Manolo?

– Cara, com esse trabalho, até eu conseguir juntar dinheiro para comprar um terreno, vai demorar uns duzentos anos.

– Nada! É só fazer as contas direitinho. Investir direitinho. Se pesquisar legal, em uns cinco anos, você consegue.

– Cara, você leva jeito para isso. Eu, em cinco anos, vou gastar todo o meu dinheiro em livro naquela livraria. Vai ser ótimo.

– Então, não reclama!

– Leo, você é ótimo nesse negócio. Admiro muito o seu tino. Mas entende também que eu sou diferente de você.

– Eu sei. Eu sou lindo e sinistro. Você é um loser com algum talento. Só que eu tento boas ações para salvar pessoas pobres. Mas pode deixar que eu te dou uma ajuda de custo no futuro.

Joel olhou para o lado, viu os dentes de Leo abertos em um sorriso cínico escancarado. Gostou daquilo. Ao seu modo, amava Leo. Sem dúvidas. Dizer isso em voz alta, com mil ponderações, traria uma série de comentários do amigo. Queria evitar isso. Porém, essa verdade era inquestionável: ao seu modo, amava Leo.

Capítulo 9

Ao abrir o portão de casa, Joel ouviu o choro da mãe. Isso causou um princípio de comoção interna, golpeando o bom humor adquirido na praia. Joel e Leo tinham dado diversos mergulhos e chegaram a puxar conversa com duas meninas que retribuíram os elogios. Aquilo tudo tinha melhorado o espírito de Joel para o trabalho. Estava fisicamente incomodado com todos aqueles restos de praia, mas estava até animado para a madrugada. Ainda na esquina de sua rua, lembrou-se do sorriso da loira na livraria e tinha conseguido ainda mais ânimo. Mas a entrada em casa foi implacável. Não era a primeira vez que via aquela cena, mas, sempre que acontecia, Joel se sentia péssimo. Sua mãe estava sentada no sofá, com as pernas dobradas para dentro com aquele aspecto transtornado que tanto ameaçava a sanidade do próprio Joel. Ele olhou para a cena e percebeu que aquilo drenaria um pouco suas energias antes de ele ir para o trabalho. Olhou para o relógio e percebeu que a desculpa de falta de tempo não iria colar. Teria que, de alguma forma, lidar com aquela situação. O manual seguido nas últimas vezes era ignorar. Nesse caso, ele subiria rapidamente, se trancaria no quarto e ouviria música muito alto até a hora do trabalho. Tinha adotado essa estratégia, porque, nas vezes em que tinha tentado conversar com a mãe e aconselhá-la, a conversa tinha se transformado em um debate repleto de ofensas e de acusações. Nunca entendia como aquilo acontecia, mas sabia que sempre ia acontecer. Ignorar era uma boa estratégia para não brigar, mas agora ele sentia algum tipo de responsabilidade. Tinha escutado Laís, tinha escutado Leo. Talvez fosse a hora de escutar sua mãe. Foi correndo para a área de serviço, tirou a roupa rapidamente e entrou no chuveiro de lá. Pegou uma bermuda úmida no varal, vestiu-se sem cueca mesmo e voltou à sala. Sentou ao lado da mãe, respirou fundo, fechou os olhos, concentrou parte da boa sensação daquela tarde e perguntou:

– O que foi, mãe?

– Meu filho, está tudo ruindo. Você sabia que seu pai está morando com outra mulher?

– Sabia, mãe. Sabia sim.

– E o que você acha disso? Ele é um traidor, um safado. Eu odeio seu pai. Depois de tudo o que eu fiz por ele. Tudo! Ele faz isso comigo.

Aquele tipo de fala da sua mãe irritava. Nunca era algo racional, equilibrado, crítico de verdade. Ele pensava nela como uma espécie de bola de irracionalidade e emoção. Isso o irritava muito. Em função da dedicação de manter a conversa sem agressões, Joel tentou modular sua fala.

– Mãe, a verdade é que ele fez mais por você. Eu entendo que você esteja se sentindo traída. Eu estou também. Mas era evidente que ele ia embora.

– Você está maluco, garoto? Você bateu com essa cabeça em algum lugar?

Tinha começado a sequência de agressões. Aquela não parecia uma conversa de verdade. Como discutir assim? De que forma seria razoável entrar em um debate a partir desse nível de tratamento?

– Por que você está falando assim?

– Por que eu estou falando assim? Você não percebe, né? Você esteve aqui esses anos todos e você não percebe. É impressionante. Ninguém nunca percebe. Vocês nunca percebem. Você acha que eu não tenho uma pós porque eu sou burra, Joel?

— Não. Acho que você não teve o equilíbrio suficiente.

— Equilíbrio? Você não sabe da missa um terço. Você sabe que eu saí da pós quando você nasceu, né?

— É. Eu sei. Mas você não quis?

— É claro que eu quis isso! Eu queria você. Mas não é possível que você não veja isso como dedicação.

— Mãe, você passou boa parte da minha adolescência doente. Dias e dias sem sair da cama.

— Filho, para com isso. Você não está vendo como eu estou!?

— Mas é verdade. Eu me lembro bem das tardes solitárias de domingo no meu quarto. Eu simplesmente escutava música o dia inteiro porque você não queria sair. Você não tinha ânimo para nada.

— Meu filho, eu tenho uma doença.

— Então não aja como se não tivesse, ou não use essa doença para se fazer de vítima.

— Meu filho, para! Presta atenção no que você está fazendo.

— Eu não estou fazendo nada demais. Eu estou falando a verdade!

— Eu simplesmente não tenho o que dizer. Você reparou? Ou eu falo sem levar em consideração minha doença e isso é um erro, ou eu me faço de vítima. Ou seja, eu tenho que ficar calada! Por eu ter depressão ou algum transtorno, sei lá, eu não posso mais reclamar! Mesmo que você não concorde comigo.

— Não é isso! É claro que você pode falar. O problema é que você é pouco racional.

— Pouco racional, meu filho? Seu pai saiu de casa, mandou você trabalhar e está montando outra casa em outra cidade com o dinheiro que ele deveria estar sustentando a gente! Eu passei boa parte da minha vida me dedicando a essa casa! E não recebi nada por isso!

— Você queria receber para ser mãe?

— Não, mas seu pai só pôde fazer o que fez, montar esse negócio, porque eu estava em casa segurando as pontas. Outra coisa: ele nunca teve que se preocupar com aluguel!

— Aí você já está misturando as coisas, mãe.

— Não estou não, meu filho. Você é que está separando. Deixa de fazer papel de burro. Olha mais a sua volta.

— Mãe, esse é o seu problema. Você é muito grossa. Toda vez que eu tento falar alguma coisa você me xinga.

— Está vendo?! De novo você está me silenciando!

— Por quê?! Por que eu não gosto de ser xingado?!

— Não é isso!

— Mãe, sério, eu preciso trabalhar. Hoje eu vou passar a madrugada toda trabalhando e depois vou para a aula. Muito obrigado por isso! Agora vou com a cabeça cheia.

— Meu filho...

Joel subiu as escadas correndo e bateu a porta com violência. Novamente, em um momento da conversa tinha sentido até prazer. Quando ela ficava agressiva, Joel gostava de sentir as feridas dela latejarem. Porém, as coisas estavam mudando. Essa conversa já tinha sido diferente das outras. Depois do abandono do pai, parecia que a voz de sua mãe estava mais pesada. Ela não tinha que receber dinheiro por cuidar do filho, mas até que ponto o pai só conseguiu montar uma empresa por causa dela? A questão é que o jeito de falar dela também era irritante. Chorando, gemendo de dor, ela ainda xingava e falava alto demais. Aquele uivo estava mais dolorido agora para ele. Apertou os olhos, decidiu pensar menos. Tirou uma calça dobrada do armário e vestiu. Notou que as roupas no guarda-roupa estavam arrumadas agora, diferente de manhã. Notou que sua mãe tinha arrumado todo o seu armário e que tinha colocado aquela calça passada ali. Olhou para o cabide e viu sua blusa azul de botão muito bem passada. Lembrou-se de que, nos últimos oito anos, sempre essas roupas estavam ali, desse jeito. Sentiu-se pesado. Pior ainda, foi perceber que estava sentindo pena da mãe pelos trabalhos domésticos que ela realizava. A imagem dela gritando se confundiu com a imagem do armário arrumado e ele decidiu deixar isso para depois. Abotoou a camisa azul. Colocou o sapatênis com as meias brancas. Aplicou o desodorante nas axilas. Bagunçou o cabelo, selecionou um livro pequeno e colocou em uma bolsa sua antiga. Procurou no canto da cama e achou o maço de cigarros. Guardou na bolsa também. Pegou tudo e desceu. Passou correndo pela sala, mas ainda deu tempo de trocar olhares com a mãe. Viu as bordas dos olhos dela completamente vermelhas. Decidiu dizer algo para manter alguma ponte.

– Depois eu volto e conversamos melhor.

Intimamente pensou "Te amo". Não disse. Essas palavras não tinham mais tanto peso quando ditas por um filho para uma mãe depois de anos de afastamento. Ao sair de casa, procurou o maço na bolsa, tirou o isqueiro de dentro dele, pegou um cigarro e acendeu tudo. Decidiu se concentrar na tragada. Conseguiu segurar o que puxou. Sentiu o gosto. Sem dúvida, era o gosto de algo que não fazia bem. Deu uma, duas, três, quatro tragadas. De repente começou a sentir um leve relaxamento nos músculos. Isso se alastrou pelo corpo e finalmente ele começou a entender por que as pessoas usavam tanto esse tipo de produto. Ficou até com medo do verdadeiro vício, aquele que acaba com a liberdade. Era cedo para se preocupar com tanto. Decidiu ir fumando até o ponto. O ônibus que iria pegar era distante, do outro lado da estação de trem, no lado do Engenhão. Subiu as escadas que levavam ao estádio e viu a cidade de longe. Lembrou-se do que Leo tinha falado há poucas horas, antes da discussão com sua mãe. Era verdade. Joel gostava demais de espaço. Porém, ainda parecia impossível para ele esse empreendedorismo tão fácil para Leo. Não via esse dinheiro em sua conta. Não tinha capacidade de guardar tanto. Ele tinha que aproveitar esse gosto de uma forma diferente. Pensou de novo em fazer faculdade em outro lugar. Só assim não precisaria se sentir como naquela discussão. Poderia viver sua vida em uma paz tranquila, sem muitas cobranças. Conheceria algumas pessoas novas. Viveria os famosos primeiros anos das faculdades. Pensou na imagem de sua mãe com as bordas dos olhos vermelhas. Percebeu, então, que não viveria esses anos como estava escrito nos filmes ou como os veteranos do colégio contavam pelas redes sociais. Percebeu que, antes de possuí-los, tinha perdido esses momentos. Teria que trabalhar, provavelmente, durante toda a vida. Esse trabalho acabava de tirar dele os churrascos, as chopadas, as tardes de cerveja, as viagens, as festas. Iria a algumas, é claro. Mas o trabalho de segunda a sábado iria esgotá-lo. Se conseguir terminar a faculdade, já terá sido uma vitória. Percebeu o quanto já tinha perdido, antes mesmo de aproveitar tudo, uma perda que era com certeza o pior tipo de perda, a perda de algo que ele nunca tivera. Pensou nas meninas que não conheceria, nas que não poderia chegar, nos livros que não leria. Pensou nos filmes que teria que parar de ver. Fechou os olhos e teve vontade de chorar. Decidiu não sucumbir. Pensou na Laís com seu amigo, pensou em Leo, pensou na sua mãe, em seu pai e pensou em si mesmo. Curiosa e novamente percebeu-se muito mais próximo à sua mãe. Ela entraria em um curso qualquer com todos aqueles problemas emocionais que a impediam de se levantar da cama? Ela tinha perdido o direito de ser deprimida. Teria que lutar de todas as formas. Joel estava novamente mais próximo dela do que do pai. A dor dela era atroz e terrível. Ele conseguia perceber isso. Isso provavelmente geraria mais xingamentos e mais cobranças. Ele se colocou no lugar do pai de Leo, ouvindo a esposa gritar para todo o prédio que tinha um amante e que ele era ótimo de cama. As ofensas seriam diferentes, mas o fato é que Joel pensou que estaria exposto a elas muito mais, até o final da vida. Mesmo assim, sentia sua mãe próxima. Era como se aquelas bordas vermelhas dos olhos fossem as bordas dos olhos do próprio Joel.

Chegou no ponto de ônibus e decidiu apagar o cigarro. Logo o ônibus chegaria. Sentiu o amargor continuar na boca e pensou em fumar mais um. Desistiu da ideia quando viu o farol do carro despontar no início da rua. Ainda havia muita movimentação no asfalto. Esfregou os olhos. Já estava um pouco cansado. A ida à praia tinha sido boa e exaustiva. Havia ainda um turno de trabalho e a escola. Isso o desanimou. Seria assim por um bom tempo. Tinha que se acostumar com a ideia. Tentou focar em alguma coisa. Pensou no livro que tinha escolhido para a bolsa. Poderia lê-lo no caminho. Ele pegava o ônibus no ponto final e isso era um dos pontos altos do trabalho. Sempre iria sentado sem a necessidade de fazer nenhuma transferência. Poderia, então, ler por uns 40 minutos no mínimo. Levaria sempre romances, mas claro que seriam romances legais e novos e não aqueles esqueletos sugeridos pelo professor de Português. Por que ele não passava Dostoiévski? Não era um dos principais escritores da literatura mundial? E *Memórias do subterrâneo* era tão forte e tão pequeno. Já tinha visto o tamanho de *Crime e castigo*. Esse o professor não precisava passar não. Era grande demais. Poderia perguntar alguma coisa para o professor sobre literatura e o espaço, os lugares. Seria legal ler sobre isso. Dependendo, poderia se tornar escritor, como já havia imaginado antes, e falar sobre o espaço como tema principal. Dependia só dos modelos que seguiria. Faria uma *História dos subúrbios*. Onde mesmo já tinha ouvido falar desse projeto? Subiu no ônibus. Escolheu um lugar na janela, sentou, olhou para fora e viu as luzes amarelas. O vendedor de balas ali oferecia algo a um pedestre. Joel não conseguiu identificar o que era. Sentiu novamente o peso da tristeza estacionar em seu corpo. Sentiu profundamente aquilo. Respirou, fechou os olhos, concentrou-se no livro. Tirou da bolsa. *Carta ao pai*. Era curto. Dava para ler durante as viagens.

Capítulo 10

Entrando na loja, Joel procurou rapidamente pela loira do dia anterior. Avistou-a do outro lado das estantes, passando o pano nos livros. Entrou na sala de convívio, guardou sua bolsa em seu escaninho, colocou seu avental e foi para a frente da loja. Já começaria a fazer as pilhas brilhantes para Alecssandro ver. Não estava ansioso para isso. Resolveu ir para a estante de revistas importadas. Ficou olhando as de viagem. Uma cliente de repente cutucou seu ombro.

— Bonitinho, queria ver se vocês têm um livro da Meg Cabot. Posso olhar isso com você?

— Espera aí. Eu sou novo aqui. Mas vou te ajudar. Alecssandro, chega aqui. Me ajuda a consultar o sistema.

— Oi, peixe. Vamos lá. Chega aqui. Olha só. Você tem que digitar a senha. Deixa eu colocar a minha primeiro. Aí você vem aqui pelo critério. O que a senhora deseja?

— Eu quero ver *A princesa na balada* da Meg Cabot.

— Está vendo? Como ela tem o nome completo do título, é melhor você procurar por ele. Ali. Está vendo esse marcador aqui? Quer dizer que tem um exemplar aqui. Está ali na prateleira de best seller. Procura pelo sobrenome da autora. Está em ordem alfabética.

Joel guiou a cliente até lá e percebeu que ela chegou mais perto do que ele achava necessário. Aquilo o assustou um pouco no início. Com facilidade, encontrou o exemplar. Entregou à cliente, que olhou Joel de cima a baixo e disse de maneira direta e clara.

– Eu volto aqui outro dia. Você tem que me esperar.

Joel se sentiu muito desconfortável com aquilo. Ficou angustiado com a possibilidade de atender aquela mulher novamente. Só então olhou de longe e percebeu que ela era bem feita de corpo, mas tinha um rosto estranho. O fato de ela insinuar algo o incomodava, porque ele não tinha se preparado para isso, não tinha nem sonhado com iniciativa alguma. Sentiu-se um animal enjaulado em perigo. Era uma situação um pouco assustadora. Decidiu dirigir-se até a loira, que estava agora arrumando as prateleiras de literatura nacional.

– Você quer ajuda? Deve estar pesado.

– Não, gatinho. Valeu. Pego o suficiente de peso na academia. Dou conta.

O coração de Joel pulou um pouco. A palavra "gatinho" se referindo a ele e academia na mesma frase dita por uma mulher bonita era sem dúvida um bom sinal do emprego. Continuou ao lado dela, porque não poderia deixar a oportunidade passar. Pegou um livro de Lima Barreto e colocou ao lado de um de Zuenir Ventura, enquanto pensava em uma forma de atacar.

— Gatinho, eu juro que você não precisa bagunçar meu trabalho para tentar dar em cima de mim. Toma aqui essa pilha. Fica misturando os livros aqui que o Alecssandro não fica te perturbando. Está gostando?

— Do quê?

— Do trabalho, né, gatinho? Está aproveitando?

— É, sei lá. Ainda estou no início. Não deu para experimentar tanto.

— É. Você ainda vai notar que esse trabalho é mágico.

— Por que mágico?

— Porque ele é capaz de transformar uma hora em quatro. Aqui, o tempo para. E, juro, teve uma vez que o tempo voltou.

Joel não conteve a risada enquanto embaralhava aleatoriamente os livros. Alecssandro percebeu e olhou para ele. Depois desviou o olhar para a loira e se concentrou no que estava fazendo. Reparou que ela tinha algum tipo de poder ali dentro para conseguir bloquear Alecssandro. Além disso, era óbvio pela expressão corporal, pela forma que ela ria, pelo tom da voz, que ela não dava aquilo que ele conhecia como "condição". Ela seria muito simpática, em um nível agradável mesmo, flertaria inclusive, mas manteria tudo em uma zona confortável de segurança, da qual Joel não poderia sair sem levar algum tipo de fora humilhante. Percebeu isso e não ficou irritado ou aborrecido. Gostou inclusive da ideia de que não precisaria dar em cima dela. Poder levar aquela conversa em um nível sem autocobrança o agradou muito. Sorriu.

— Que sorte a minha, então. Essa magia vai me pegar mesmo?

— Vixi. Já era, gatinho. Uma dica: sempre trabalhe. O máximo que você puder. Não pare de fazer coisas. E, se parar, pelo amor de Deus, não fique encostado em alguma estante.

— Nossa. Bom demais. No primeiro dia de trabalho, já descubro a funcionária do ano. 100% trabalho!

— Nada disso! O tempo aqui só passa se você estiver fazendo algo. É impressionante. Eu trabalho mesmo para não dormir. O Almir inclusive quis implementar aqui uma seleção interna para o cargo que hoje o Alecssandro ocupa.

— O que tem isso?

— Então, o engraçado é que ninguém quis. O Alecssadro ganhou por W.O. Não ri não, gatinho. É a mais pura verdade. Ele é que é, na verdade, o funcionário do mês, do ano, sei lá, da história.

— Mas por que você não quis?

— Está doido? Se eu entrar nessa, não saio mais. Depois fico que nem o Almir. A versão feminina do Almir. Um grande desastre. Fracasso.

— O que tem o Almir?

— Ai, eu não deveria estar te contando isso. Mas seu chefe novo é tipo das coisas mais nojentas que existem. Ele dá em cima de funcionária. Sim, e isso nem é o pior. Eu já vi ele dando em cima de cliente. O fracasso em forma de pessoa.

— Que isso? Como assim?

— Isso mesmo. Mas, enfim, eu tenho até compaixão. Mas o trabalho é tranquilo, você vai gostar. É aquilo, né? É demorado. Mas ninguém vai ficar em cima de você. O Alecssandro é um projeto de Almir, mas não enche.

— Que beleza! O que eu queria agora é relaxar.
— É, isso não vai dar mesmo. Você estuda?
— Sim. Na escola técnica, ensino médio ainda.
— Que bonitinho! O que você vai fazer de faculdade?
— Olha, esse é um dos meus grandes conflitos atualmente. Não sei.
— Você não pensa em nada? Duvido!
— Já pensei em Psicologia, Desenho Industrial, agora estava próximo de Cinema.
— Eu faço Direito. Quero ser juíza. Psicologia é legal, mas Cinema costuma ser integral. Você não vai poder trabalhar aqui.

Aquilo afetou um pouco Joel. Ele já havia desistido dessa opção, mas perceber mais uma vez que suas chances se estreitavam o machucava. Ele sentiu-se menor mais uma vez. Mas a leveza com que ela falava de tudo o ajudava. Parecia realmente que ela seria juíza e que nada era tão difícil assim.

— Olha, ser juíza é difícil. Tem que estudar muito.
— Gatinho, nem te digo. Durmo cinco horas por dia por causa disso. Saio daqui, vou direto para a Faculdade e depois estudo umas três horas todo dia. Está no papo. Além do mais, nosso desconto em livro aqui é massa.

Joel gostou de ouvir aquela pequena rotina. Sentiu um tom de normalidade e oportunidade que o alegrou. Olhou mais atentamente para ela. Quando ela falou de academia, ele a inscreveu em um estereótipo. Sabendo dessa diferente rotina agora, tudo parecia mais interessante. Porém, a sensação de que ela poderia fazer isso tudo e dormir cinco horas por dia soou irreal. Direito era uma carreira complicada.

— Mas você não se cansa? Como estudar tanto ainda? Não namora?

— Você está agressivo, gatinho! É muito difícil, sim, e namoro. Perdeu sua chance. Mas eu gosto de ler essas coisas. É esquisito. Tento até não limpar a estante de concurso público que não saio dali e ainda gasto dinheiro no final do expediente.

— Meu Deus, tem louco para tudo!

— É. Mas é legal. Enfim. Tem sempre um caminho, gatinho. Tem sempre um caminho.

Essas palavras foram boas para Joel. Ele viu alguma coisa. Resolveu se concentrar um pouco, porque poderia estar sendo impertinente. Foi para a estante de lançamentos no meio da loja. Começou a empilhar os livros com a ordem decidida por Alecssandro. Ficou reparando, enquanto isso, na beleza dos coloridos das capas. A repetição daquele ato acalmou um pouco a excitação pela presença da loira. Continuou com aquilo e lembrou-se de Laís. Pensou na situação do pai dela. Como ela estaria agora? O clima na casa deveria estar péssimo. Sentiu saudade e prestou mais atenção na lembrança do rosto dela horas antes, na escola. Ainda achava que ela tinha feito uma sacanagem, mas a conversa que tiveram tinha sido tão íntima que, mesmo sabendo que de alguma forma tinha sido traído, ele sentiu o afeto por ela aumentar. As imagens do corpo dela diminuíram e ele ficou pensando nas sardas. Porém, lembrou-se também de Thiago, de seu rosto autoconfiante, de sua postura. Imaginou o beijo entre os dois e começou a vislumbrar o sexo. Sacudiu a cabeça. Pensou em uma ferida. Parecia que queria enfiar uma faca quente em um machucado. Gostou da imagem, sentiu-se forte. Estava diferente da forma como Kafka se via em *Carta ao pai*. A influência que o pai de Kafka exerceu sobre o escritor foi impressionante. Joel lembrou-se do próprio pai e percebeu que essa tirania não era o problema entre eles. Notou, porém, que seu pai sempre moldara sua vida. Sempre decidira o que fazer, como fazer, para onde ir. A própria escola técnica tinha acontecido por um conselho inicial dele. O ensino lá era bom, sem dúvida, mas Joel resolveu largar o técnico no primeiro ano, um desperdício de tempo individual dele e de dinheiro público.

Pegou outra pilha. Decidiu passar um pano nela. Era necessário também um pouco de cuidado. Foi até o balcão para pegar o material e notou que o grandão de ontem estava por ali e o encarou novamente com um olhar assustador. Joel virou os olhos para baixo e voltou para a pilha de livros. Voltou a pensar em seu pai e em sua vida. Até que ponto todas as decisões dele até ali já não tinham sido moldadas por agentes externos? A ideia de que ele era livre antes da separação dos dois, há poucos dias, era realmente verdadeira? Seu pai não o confrontava diretamente, mas Joel lembrava-se agora de um jantar específico. Eles estavam na mesa, sua mãe já tinha sido diagnosticada, era um dia comum. Seu pai chegou do trabalho e todos foram sentar para jantar. Sua mãe colocou as panelas na mesa. Seu pai reclamou que não tinha travessas, mas deu um beijo nela. Depois ele disse que a comida estava um pouco fria. Ela falou que já tinha feito tudo há algum tempo. O pai começou a contar os problemas do trabalho. De repente sua mãe começou a chorar muito. Joel se lembrava exatamente da sensação de medo que aquela cena provocou nele. Foi assustadora. Por que aquilo? Limpando os livros, aquele choro não parecia tão absurdo. Foi a partir dali que começaram a receber as quentinhas. Seu pai não tinha sido violento. Na verdade nunca foi. Mas havia algo ali. Ainda era verdade, todavia, que aquele choro de sua mãe o sufocava. Como odiava aquelas expressões constantes de sentimentalismo! Aquela cena tinha ficado gravada na cabeça e parecia agora que ele lembrava tudo em preto e branco. Olhou para um lado e viu Alecssandro mexendo no dinheiro do caixa. Olhou para o outro e levou um susto. O grandão estava bem próximo. Falou que queria conversar com ele depois, com uns olhos arregalados de um jeito que Joel nunca vira. Decidiu pedir ajuda para a loira e decidiu também que ela merecia um nome.

— Olha só... Esse grandão... O Alecssandro me apresentou a ele, mas eu esqueci o nome.

— É o Gil. Ele é uma figura.

— Ele está me assustando. Fica me olhando de longe.

— Ele tem umas ideias aí, como eu posso dizer? Polêmicas...

— E o que eu tenho com isso?

— Ele precisa de adeptos, você é novo. Pode funcionar.

— E você? O que você acha das ideias dele?

— Ouve lá e depois você me conta.

— E o seu nome?

– Gleyci, gatinho. Esqueceu? Joel é legal. Me lembra o papai Joel.

– É. Gosto da comparação.

Joel se afastou para pensar no que falaria com Gil. Parecia assustador. Por que aquele tom de mistério? O que esse cara queria? Tinha entendido a fala de Gleyci como uma mistura de deboche e terror. Em qual acreditar? Aquela dúvida o corroeu. Repentinamente, Alecssandro o chamou.

– Peixe, quero que você vá lá no estoque e desça cinco caixas do Stieg Larsson. Precisa conhecer nosso estoque. Você sabe como é a caixa?

– Não.

Alecssandro mostrou um exemplar e disse que Gil iria com ele para apresentá-lo ao estoque. Joel ficou agitado ao receber a notícia. Enfim ele ouviria o que Gil tinha a dizer. Joel viu Alecssandro chamar Gil. Começou a segui-lo até a sala de convívio para que Gil pegasse a chave do estoque. Joel olhou nos olhos dele nesse momento e esperou reação. Gil franziu a testa, arqueou um pouco as sobrancelhas, virou de costas e saiu andando. A imagem se mostrou bizarra e Joel teve uma dúvida imediata se o seguia. Resolveu fazê-lo. A conversa provavelmente aconteceria no estoque. Subiram uma escada de madeira que ficava nos fundos da loja. Gil abriu a porta, deixou Joel entrar, seguindo-o posteriormente e passou a chave. Começou com uma voz cavernosa.

– Você gosta de Bob Dylan?

Aquela pergunta o surpreendeu. Como assim? Aquela encenação toda sugeria que Joel seria convidado para um grupo neonazista de atendentes de livraria, algum tipo de sociedade secreta muito importante nas livrarias mundiais? Essa ideia deu a Joel uma grande vontade de rir, mas, pelo olhar de Gil, o assunto era sério. O tom de voz alto e o olhar dramático conferiam aspecto grave à situação. Joel resolveu entrar na questão.

– Cara, eu conheço pouco. Só aquela que os Rolling Stones gravaram.

– "Like a Rolling Stone"...

– Isso. Fazia sentido eles gravarem.

– É... Cara, o Alecssandro só contrata vocês, os clichês.

– Qual é, cara?

– Vocês não entendem! Dylan tem a chave! Está tudo lá. Nunca melhoraremos com esse nível de ignorância!

– Chave de quê?

– Da transformação, meu caro! Da grande transformação. As repostas estão soprando no vento!

– Cara, desculpa. Conheço pouco.

– Estude então. Por exemplo, de que filme você gosta?

Joel pensou naquilo. Era uma pergunta audaciosa e difícil. Queria dar uma boa impressão com a resposta, mas, ao mesmo tempo, queria deixar Gil falar mais. Estava achando a situação muito fora do comum para acabar rapidamente.

– Por que você quer saber isso?

– Dá para saber muito de uma pessoa pelo filme que ela indica. Aí indicarei o caminho de Dylan, para você chegar à luz.

Gil disse isso olhando para o teto com os olhos arregalados. A cena pareceu um momento de comédia para Joel. A vontade de rir triplicou, mas sabia que fecharia Gil com esse tipo de reação e decidiu dar corda. Inclusive estava gostando do clima da conversa. Pensou rapidamente em uma lista de filmes. Queria algo arrebatador para receber uma dica do mesmo nível. Lembrou-se imediatamente de Laís. Pensou nas sardas dela e na menina nua em *Os sonhadores*. Era esse.

— Isso é uma pergunta complicada, mas tem *Os sonhadores*. Você conhece?

— Claro! Esse é perfeito! Tem uma música do Dylan nele. "Queen Jane approximately". Excelente. Ótimo começo. Dever de casa. Ouça!

Aquele tom positivo dissipou o ar anterior conspiratório de Gil. Ele não se relacionava da forma como as outras pessoas se relacionavam. O olhar arregalado de proteção mostrava isso. O tamanho desproporcional do corpo também ajudava. Porém, pareceu bom falar com o novo colega de trabalho. Em poucos minutos, Joel ficou com curiosidade para conhecer algo de que só ouvira falar. Gostava disso. Assentiu com a cabeça.

Gil pegou as caixas pedidas por Alecssandro. Deixaram o estoque e começaram a descer as escadas. Os dois deixaram o pedido em cima do balcão. Joel viu Gil ir imediatamente para a sala de convívio, enquanto se encaminhou para o meio do salão, procurando Gleyci com os olhos. Encontrou-a na porta da livraria. Eles se viram. Ele enrugou a testa, criando uma cara de assustado e ela começou a rir alto. Joel não se aguentou e riu também. Para aumentar o nível de discrição, foi até o canto das prateleiras fingir que arrumava alguma coisa para não ser repreendido no primeiro dia completo de trabalho. Enquanto estava de costas para o salão, sentiu mãos segurarem seu ombro, olhou para trás e notou que Gil estava colocando um fone em seu ouvido. Começou a ouvir algo como um blues feliz. Nas mãos de Joel, Gil colocou um livro fino e pequeno chamado *Bob Dylan, letras traduzidas.* Como esperado, Gil abriu na música chamada "Queen Jane approximatlely":

> Quando sua mãe devolve todos os seus convites
> E seu pai para sua irmã, ele explica
> Que você está cansada de si mesma
> E todas as suas criações
> Não queres vir me ver, Rainha Jane?
> Não queres vir me ver, Rainha Jane?

Capítulo 11
Na aula de Geografia, Joel notou o quanto estava cansado. Há mais de 24 horas acordado, estudando, trabalhando e indo à praia: não era fácil. Pelo menos, a aula era sobre o Rio antigo e as fotos eram geniais. Estava achando as ruas do Centro impressionantes. Ainda preferia as pequenas casas do Engenho de Dentro, mas era bom ver os cortiços da cidade. Lembrou-se do momento que chegou em casa pela manhã. Tinha dormido no ônibus do aeroporto para o bairro e acordou cutucado pelo motorista no ponto final, que felizmente era no Engenho de Dentro. Levantou-se e achou o

bairro fantasmagórico àquela hora. Viu tudo pelo olhar de trabalhador e achou a cidade com cheiro e gosto de café. Chegou em casa e, na cozinha, havia uma garrafa térmica com um bilhete: "Boa aula." Aquilo imediatamente pesou no peito dele por causa da briga da noite anterior. Arrumou-se rapidamente, pegou o ônibus mais vazio e foi dormindo até a escola. Torceu e conseguiu não encontrar com Laís no ônibus. Queria cochilar o máximo possível. Na aula de Biologia, tinha sentado no fundo e conseguiu dormir. Era só exercício. Não poderia fazer o mesmo na aula de Geografia, porque já havia faltado naquela semana. O café da mãe estava ajudando. A matéria também.

— Como vocês podem ver aqui no mapa, o Rio de Janeiro é uma cidade improvável. Tudo era mangue. Foi tudo aterrado! Impressionante, meus amigos. Foi uma loucura fazerem isso.

Todos riram. O professor tinha algum carisma. A voz dele era engraçada e ele sabia usá-la. Depois da observação de Leo na tarde anterior, Joel se percebeu de fato como alguém que gostava da aula de Geografia, claro, quando não era sobre relevo, clima etc. Notou isso e decidiu copiar mais informações da aula. Talvez tivesse que fazer algo relacionado a isso. Ainda não queria ser professor. Isso seria muito ruim para ele, mas algo com relação a Geografia poderia ocorrer.

— E, galera, não se enganem. Essa confusão urbana é um dos problemas do Rio ainda hoje. Sempre o plano de urbanização é para expulsar e segregar.

Olhar as fotos dos mapas da cidade era legal, mas gostava realmente das fotos da cidade em si. O professor tinha organizado as imagens da abertura da Rio Branco, antes Avenida Central. Era bom ver as obras. Gostou particularmente de fotos que representavam a destruição de morros com jatos d'água. Era uma boa metáfora da destruição. Leo estava ao lado dele e, percebendo o interesse, resolveu participar.

— Manolo, você está gostando, né? Já vi que não vai vender casa nenhuma.

— Cara, já te falei que não tenho essa grana.

— Está bom, tudo bem. Faz o que você quiser. Mas te juro que com 40 anos paro de trabalhar!

— Eu não tenho essa ilusão. E olha que eu já trabalho.

— É, e aí, como foi ontem?

— Cara, foi estranho e interessante. Depois de uma discussão horrorosa que tive em casa, a galera pareceu até legal. Tem um cara muito louco seguidor de Bob Dylan.

— Mas ele não é um cantor, Manolo?

— Pois é. Por isso, é muito doido. Mas eu ouvi um pouco com eles. O cara é bom mesmo.

— Ai, meu Deus. Agora tenho um amigo crédulo em cantor pop! Estou destinado a viver sozinho. Mas, Manolo, eles quem?

— É que tem uma garota legal pra caramba. Faz Direito a menina. Uma gracinha, lindinha.

— Já vai esquecer a Caloura.

— Sem chances. Mas nem ligo.

— Manolo, até acho que entendo você.

— Cara, escuta aqui, você nunca vai parar com esse negócio de Manolo, né?

— Nem por um dia enquanto você ficar vermelhinho tão fofinho assim!

O professor olhou com um semblante pouco amigável para os dois. Joel percebeu que estava conversando mais alto do que gostaria. Notou, então, que o tom do professor já tinha mudado. Agora a impressão era de fim de aula, de fim de tempo. Porém, ele estava dando um aviso.

— Então. Como, eu estava dizendo, a escola abriu um edital com algumas bolsas de iniciação. Eu vou entrar com um pedido. O trabalho vai ser sobre isso. Nós vamos pesquisar mais imagens sobre o Rio antigo. Vamos à Biblioteca Nacional, fuçar algo lá. Vamos também olhar fontes históricas. A ideia é criar um banco de dados para o colégio. Seria legal que vocês participassem, porque também vamos falar um pouco sobre o espaço da cidade. Vai ser bom. A bolsa é pequena, mas dá para comprar bala: R$ 150. Espero contato de vocês. Vai ser às quintas, das 14 às 16h. A presença é obrigatória.

Aquela oportunidade agitou Joel. Ele gostaria de participar, mas era um momento ruim. Teria que usar agora as tardes para dormir. Só assim conseguiria trabalhar com saúde e estudar um pouco, como Gleyci. Aquilo o desanimou, mas resolveu tentar algo. O dinheiro junto ao salário também era um bom atrativo para participar, afinal conseguiria mais para ajudar em casa. Decidiu falar com o professor. Talvez ele encontrasse alguma solução.

— Fala, Joel. Achei que você teria interesse.

– Então, professor. Aí mora um problema. Estou trabalhando agora de madrugada. Vou ter que usar minhas tardes para dormir. Tem como eu fazer isso em horário alternativo? Eu acompanho por grupo de rede social, e-mail, e faço as pesquisas em horário alternativo...
– Olha, Joel. Isso é complicado. Eu posso ver. Deixa eu pensar.
– Sério, professor. Se não der, não tem problema, mas eu tenho muito interesse mesmo.
– Cara, olha só. Para a bolsa, você não vai poder concorrer. Vai ter fiscalização. Como você não estará no colégio, eu não posso te incluir. Mas eu posso fazer uma reunião alternativa no sábado à tarde. Seria legal. De 15 em 15 dias e você se atualizaria pela internet.

Essa possibilidade desanimou um pouco Joel. Estudar no sábado, depois de uma semana de trabalho, seria muito cansativo. Além disso, não ganharia bolsa para fazer o mesmo trabalho que os outros. Ficou um pouco triste, mas a ideia de ir frequentemente à Biblioteca Nacional o atraía. Além disso, ainda não sabia sua profissão. Talvez aquela pesquisa pudesse dar alguma luz, algum tipo de ajuda a ele.

– Vou ver, professor. Como te aviso?
– Vou te dar meu e-mail. Tenta me avisar no máximo amanhã. Tenho que cadastrar logo o grupo.

O professor escreveu em uma ponta de uma folha do próprio caderno, rasgou o pedaço, dobrou e entregou a Joel. Ele pegou e colocou na parte de frente da mochila, único lugar organizado daquele caos, pensou. Olhou para a porta da sala e

Leo estava lá, esperando-o. Foi até ele e começaram a descer as escadas. Leo perguntou se ele faria parte do projeto. Joel respondeu que pensaria. Não tinha certeza ainda, e estava muito cansado para tomar a decisão. Ao dizer isso, voltou a sentir parte do peso dos músculos em função do cansaço. Rezou para os dois últimos tempos passarem logo. Queria ir para casa e se jogar na cama. Já tinha faltado muito. Não poderia matar aula novamente. Chegando ao pátio, sentiu que encontraria Laís. Angustiou-se um pouco com essa possibilidade. Não saberia como agir. A verdade é que queria vê-la. Gostava de vê-la, mas estava se sentindo indefeso perto dela. Achou um pouco ridícula a palavra 'indefeso', mas essa era a verdade. Decidiu atravessar o pátio e ir direto ao banheiro. Avisou Leo. Enquanto andava rapidamente, achou curiosa a própria decisão. Ele teria algum tipo de abrigo no banheiro, o que o faria lidar com a insegurança, mas, ao mesmo tempo, ao atravessar todo o pátio, ficaria mais visível para Laís. Até gostou da ideia. Foi direto. Apoiou-se na pia pequena e se olhou no espelho. Estava com medo e isso o assustou. Por que o medo? Decidiu se concentrar no próprio cabelo. Ajeitou-o. Não que se importasse muito com ele, mas sempre era bom não deixar as próprias entradas de sua futura calvície aparecerem. Riu daquela visão. Depois se concentrou nas sobrancelhas. Não havia nada demais nelas. Ficou olhando cada poro das bochechas. Resolveu fazer xixi para ganhar tempo. Tentou se concentrar no som da urina batendo na água do vaso, mas a verdade é que estava fazendo tudo para não prestar atenção no próprio nervosismo. Por que estava com tanto medo de encontrar Laís? Essa pergunta tinha que ser respondida por ele mesmo. Fechou o zíper, arrumou-se e voltou para o espelho. Estava se sentido traído. Isso era certo. Mas por que esse sentimento? Ele já estava sentindo Laís como sua no dia do cinema. Queria que ela fosse dele. O problema é que logo depois entrou Thiago. Joel estava se sentindo traído pela própria vulnerabilidade. Percebeu que um novo campo estava se abrindo, uma nova forma de relação. A dor, no caso, seria companheira constante. Não poderia mais assegurar que não estava sendo traído. Sentiu vergonha de pensar isso. Não tinha sido traído. Estava se sentindo corno sem sê-lo. Riu. Respirou fundo. Percebeu que, se não agisse, passaria o tempo do intervalo todo no banheiro. Pensou que talvez Laís não estivesse no colégio, talvez ela não o tivesse visto e o mais provável: não queria falar com ele. Sentiu-se dramático demais. Lavou as mãos, abriu a porta do banheiro, deu cinco passos e notou alguém delicadamente segurar seu braço enquanto andava. Era ela. Não estava com um rosto de felicidade. Sentiu-se mal. Ele é que deveria ter ido atrás dela. O pai violento voltara. O que era um beijo do Thiago perto disso?

– Oi, Joel. Seu botão da calça está aberto.

– Oi! Você não está com a cara legal. Como foi a noite?

– Nada boa. Vamos sentar ali um pouco.

Joel observou Leo de longe e teve certeza que ele estava vendo tudo. Acenou com a cabeça e decidiu seguir Laís. Sentaram-se em um banco relativamente afastado. Joel sentiu o olhar de escárnio de Nelsinho próximo. Ficou com raiva. Quis tirar satisfação. Olhou o rosto abatido de Laís e desistiu.

– Na verdade, eu queria te pedir desculpas de novo.
– Laís, não há necessidade disso. Eu não sou nada seu.
– Eu sei. Mas sei lá. Não me senti bem.
– Mas e o Thiago sabe que você não se sentiu bem?
– Não é isso. Eu me senti bem com ele. Sempre me sinto. Não me senti bem com isso acontecendo com você.
– Relaxa. Passou. A gente não tinha nada. Você pode fazer o que você quiser.
– Eu sei. É estranho, Joel. Não deveria te dar tanta explicação. É que me sinto bem falando com você. Gostei de falar contigo ontem.
– É, mas eu gostei da mordida. Desculpa, mas aqui não rola friendzone.
– Que isso, cara? Você está louco? Quem falou em friendzone?
– Você tem namorado, Laís. Não vou ficar me metendo em história estranha.
– Namorado? Você bebeu? Thiago é um amigo. Saí com ele algumas vezes só. Anteontem foi uma delas. Posso sair de novo, mas não é nada demais.
– Isso realmente eu não entendo. É estranho e você tem o direito. Só não quero me meter.
– Para de querer se afastar com medo, cara. Eu estou aqui me abrindo com você. Deixa de ser babaca!
– Por que eu sou babaca, garota? Deixa de ser agressiva!
– Então respeita, porque eu estou me abrindo!

Joel se viu extremamente nervoso, querendo xingar muito Laís. Ela queria algum tipo de proximidade, de cumplicidade. Joel pensava que a verdade é que ela estava em débito. De alguma forma, ela teria que pagar. Então, por que babaca? Por que cobrar?

— Eu não quero ficar de amizade ou tentar alguma coisa séria, Laís. Desculpa.

— Mas eu não estou pedindo nada. Estou tentando conversar só. Me senti bem ontem.

— Bom pra você. Mas entenda que não quero ser corno.

Ao dizer isso, Joel percebeu que era o que queria dizer sempre. Sentiu-se um pouco ridículo, mas também aliviado. O problema é que se desarmou, perdeu o escudo. Notou que estava na mão de Laís.

— Corno? Nós demos um beijo, Joel!

— Eu sei. Mas nada me garante que isso não aconteceria em uma relação séria...

— Como assim? Do que você está falando? Eu poderia garantir...

— Olha só, Laís. Você vai me desculpar, mas eu estou me sentindo ridículo aqui. Acho que você pode falar da sua noite que é melhor. Não precisa dizer que eu não sou corno. Não foi isso...

— Cara, você é muito louco. Se está chateado comigo, seja direto. Se não está, segura tua onda. Mas você não precisa estar, é mais fácil que isso.

— Oi? Olha... Está mais complicado com essa poesia toda. É melhor você me contar sobre sua noite.

— Você tem certeza? Parece meio irritado. Menino, você até fica fofo assim.

— Ai... Você consegue parar de me dar mole?

Joel voltou a se sentir confortável. Esse clima de proximidade com ela era agradável. Olhou para o lado e percebeu que a maioria dos alunos já tinham ido para a sala. Como mudar de raiva para flerte? Parecia um clichê de comédia romântica. Não queria isso. Decidiu adotar uma postura mais séria.

— Ontem foi horrível, Joel. Meu pai não chegou bêbado, mas eu não consigo olhar para ele. Fiquei o dia inteiro no quarto. Dormi mal. Medo, muito medo. Quando caiu um prato lá em casa, eu saltei da cama achando que era algo.

— Esse medo é que será a dor...

— Sim, sim. Eu não sei o que fazer...

Joel viu-se sem ter o que sugerir. Não conseguia pensar em nada. Realmente a situação dela era incontornável. Ela não tinha chances agora. Teria que aguentar até conseguir sair de casa. Tentar tirar o pai de lá só traria mais sofrimento, não fazia sentido.

— Sabe o que eu odeio, Joel? É como as circunstâncias moldam todas as nossas escolhas, ou a maioria delas.

Joel pensou em sua própria situação. Era verdade que ele já tinha desistido de planos nos últimos dias por causa de seu contexto. Não poderia estudar em outra cidade, mesmo que quisesse, não poderia fazer Cinema, porque o curso era integral. Não poderia tentar todos os cursos mais concorridos, porque não teria tanto tempo de estudar para o ENEM, não poderia abrir o próprio negócio, porque não tinha dinheiro, não poderia aproveitar o início de faculdade, porque não teria tempo. Sem dúvida, eram perdas importantes. Isso doía e doeu ontem o dia inteiro. Contudo, a percepção também de que nenhum desses eram caminhos inescapáveis estava se solidificando na consciência de Joel. Ele notou que todas eram, elas também, opções de circunstâncias, afinal, quem não é definido por opções de circunstâncias?

– Eu sei, Joel. Todo ser humano é também definido por circunstância. O problema é que as minhas e, pelo visto, as suas também vão restringir bastante a nossa liberdade.

Joel pensou nisso. Fazia sentido. De fato, tinha tido essa percepção no dia anterior. A própria sensação do corpo pesando toneladas depois de mais de 24 horas acordado era a prova de uma liberdade menor, sem dúvidas. Porém, era verdade também que sentia que essa liberdade menor não era a única face de sua nova vida, afinal estava conhecendo agora Bob Dylan. Pensou nele, no celular com fone enrolado em seu bolso. Pensou em "Queen Jane approximately". Achou que cabia. Tirou o celular do bolso, desenrolou o fio do fone, pediu permissão, colocou o fone no ouvido de Laís e selecionou a música. Ela começou a ouvir, ficou olhando para o chão em uma espécie de concentração forte. Depois, olhou para o teto, fechou os olhos. Joel sentiu uma efervescência interna agradável. Ela começou a fitá-lo, e ele percebeu que seu semblante havia se alterado. Antes ela apresentava uma expressão denotando angústia e agora um sorriso mais leve aparecia em seu rosto. Começou a batucar um pouco no banco e a balançar a cabeça no ritmo da música com os olhos fechados. Como aquela imagem mexeu com Joel! Decidiu tentar se controlar um pouco. A comoção ali na frente dela poderia ser perigosa. Ela abriu os olhos, parou de balançar a cabeça e retirou o fone.

— É a música do filme, né?
— Sim. Você entende a letra, Laís? Já conhecia?
— Deu para ouvir algo agora. É... Entendo o que você quis dizer...
— Não sei se eu entendo...
— Entendo inclusive isso... Olha só. Hoje, o Leão Etíope vai fazer uma roda de samba na praça do Méier. A gente pode ir, você pode me encontrar lá...
— Não sei, o Thiago estará lá?

Joel se arrependeu imediatamente. Dissera aquilo por rancor. Havia algum tipo de raiva interna que ainda não entendia, não controlava. Sentiu as feições de Laís mudarem. Ela ficou mais fechada e irritada. Tinha que tentar consertar.

— Era brincadeira. De qualquer jeito eu não posso ir, porque trabalho hoje, a noite inteira. Você vai ter que me dar mole outro dia mesmo.
— Tanto faz. Eu vou mesmo assim. De repente o Thiago aceita.
— Para de palhaçada. Eu não quero que você faça isso.
— Sei. Vou anotar aqui no meu caderno. Fica tranquilo.
— Sério, agora. Me dá seu telefone. De repente acho algo legal pra te chamar na minha folga.
— Ah, beleza. E eu fico à disposição do seu horário.

— Não falei isso. Você faz o que você quiser. Só quero te chamar quando eu puder.

Laís olhou para ele com semblante de desconfiança forçada só para fazer graça. Pegou o telefone de Joel, digitou o próprio número e depois ligou para gravá-lo na memória. Olhou o relógio, pediu desculpas, mas tinha que subir, porque haveria trabalho valendo nota. Joel entendeu. Depois que ela saiu, sentiu seu corpo como um peso insuportável. O cansaço estava muito forte agora. Aquela conversa tinha acabado por exigir mais energia do que ele imaginara. Já estava muito atrasado para os dois últimos tempos. Decidiu voltar para casa. Poderia dormir mais cedo, o que o animou muito. Agora era tempo de descansar. Pegou a mochila, levantou-se e começou a atravessar o pátio. Onde estava Leo? Tinha subido com certeza depois do sinal. Joel nem percebera o toque. A conversa tinha o consumido. Chegando perto do portão de saída do colégio, sentiu seu telefone tocar. Retirou o aparelho do bolso e atendeu.

— Oi.

— Oi, gatinho! É Gleyci. Como você está? Ouvindo muito Dylan?

— Ah! Um pouco. O que foi?

— Então. Eu vou a um casamento no domingo. Em um dia em que você não trabalha e eu trabalharia.

— Sei. Já estou vendo que é uma proposta irrecusável.

— Então, você poderia trabalhar no domingo. Eu trabalharia hoje para você. Trocaríamos de escala e eu ficaria te devendo minha vida!

— Você soube desse casamento hoje?

– Não... É que estava brigada com o meu namorado. Ontem você me inspirou, nós voltamos e esse casamento voltou aos meus planos. Obrigada, gatinho.

– Posso, posso sim. Mas eu vou cobrar isso de volta.

– Ai! Eu amo você! Fico 100 % em dívida!

Joel desligou e notou que ganhara uma noite quando ele mais precisava. Nem acreditava na pouca probabilidade daquele acontecimento. Parecia muito um recurso de roteiro de filme, de livro, para fazer um encontro acontecer. Ficou feliz com a ironia daquele pensamento. Tinha que avisar isso a Laís, porque, além do encontro, queria de fato ir ao Leão Etíope. Fazia tempo que não assistia a um espetáculo inteiro. Todavia, o que mais queria era ir com Laís. Essa ideia o excitava muito. Resolveu mandar mensagem. Sentou em um banco próximo ao portão. Retirou o telefone e digitou.

Mudança de escala. Vou hoje. Espero você lá.
Um grande beijo.

Capítulo 12

Joel acordou transtornado com o toque do telefone. Olhou o relógio. Ele marcava 18 horas. Dormira pouco. Tinha que controlar melhor seu horário. Não atendeu à chamada. A tontura não deixou. Olhou novamente para o telefone. Era seu pai. Três ligações perdidas. Cinco mensagens. Precisava falar com ele imediatamente. Não deu importância a isso. Nenhuma mensagem de Laís. Sentou na cama e coçou os olhos. Estava com fome e decidiu rapidamente descer para comer algo, qualquer coisa. Cruzou com a mãe na cozinha. Olhou seu rosto. Estava com pouca energia. Ela estava descabelada, algo nada incomum. Joel sentou na ponta oposta da mesa. Ela olhou para ele. As feições indicavam raiva, cansaço e desesperança. Ao pensar nisso, Joel sentiu um pouco de medo. O velho buraco de melancolia se abriu. Apertou os olhos e decidiu ver tudo.

– Meu filho, há dois anos eu tentei me matar.

Joel recebeu a informação com espanto. Não parecia absurda a ideia. Na verdade, sempre imaginara isso. Teve o ímpeto de falar algo. Ainda estava sonolento. Decidiu não dizer nada.

– Foi o grande ponto de virada de separação com seu pai. Por falar nisso, você já conversou com ele hoje?

Joel acenou com a cabeça negativamente.

– Então, ele vai dizer que aceitou uma proposta de trabalho em Natal. Terá que morar lá. Quer que você vá com ele.

Joel levou outro susto com aquela informação. Por que sua mãe tinha lhe dito que tinha tentado se matar? Provavelmente era manipulação. Mais uma vez ela usava sua condição, sua doença, para se fazer de vítima. Joel teve ímpeto de retrucar. Decidiu que não. Ele iria com o pai?

– Ele vai com a esposa nova. Eu discuti com ele no telefone. Mas acho que você deveria ir com ele.

Joel achou estranha a fala. Poderia ser mais uma tentativa de manipulação. O fato é que tinha que se blindar contra aquilo. Não decidiria o que fazer nessa comoção. Tinha que ouvir tudo e tentar não se machucar.

– É sério. Eu não posso ter mais você aqui em casa. Eu não tenho condições de nada.

A mãe desatou a chorar. Joel estava um pouco agitado com as palavras. Parecia mais uma cena de sua mãe. Aquilo o irritou um pouco, mas a compaixão com o tom patético de tudo também era inevitável.

– Meu filho! Eu estou sem forças. Eu vou cursar Enfermagem mesmo! Confirmei ontem. Mas parece tudo tão difícil. Não sei o que realmente faço nesse caso!

Diante daquela situação, Joel voltou a sentir algum prazer com a dor da mãe. Censurou-se internamente por causa disso, mas era inegável que o terror dela o confortava de alguma forma. Joel chegou a rir. Percebeu isso e se censurou. Ela não percebeu.

– Se você soubesse...

Estava cansado dessa história de "se você soubesse". Notou que, na verdade, provavelmente nunca saberia. Isso o acalmou um pouco. Ainda estava com medo, um pouco angustiado, mas com prazer pela dor.

– O que você acha, meu filho?

– Não sei, mãe.

Joel decidiu fazer queijo quente. Sua mãe começou a olhar de maneira perdida para o chão. Era o momento. Levantou-se, abriu a geladeira. Tirou o queijo e a manteiga. Pegou o pão no armário de cima. Perguntou à mãe se ela queria. Ela respondeu positivamente. Joel dispôs quatro pães de forma em cima da mesa. Concentrando-se em cada movimento, Joel não precisava se preocupar em ser cruel com a mãe. A manteiga estava mole e isso facilitava a movimentação da espátula no pão. Preencheu todo o quadrado de cada pão. Pegou quatro fatias de queijo prato. Cortou cada fatia de queijo em duas e espalhou as mesmas pelos pães. Fechou. Passou manteiga onde faltava. Colocou no aparelho. Ligou.

— Menino, que ritual é esse? São dois sanduíches só!

Joel ouviu aquilo e respondeu com um sorriso de ironia e de desprezo forçado. Sua mãe percebeu a piada e riu. Joel sentiu o telefone vibrar. Olhou para a tela, desbloqueou e viu que era de Laís.

Vou chegar mais tarde, bem mais tarde. Me espera.

Joel precisaria fazer algum tipo de hora. Teria que enrolar. Passaria mais tempo com sua mãe. Levantou-se novamente. Conferiu a sanduicheira. Foi até a sala e pegou o estojo de dominó na gaveta do hack da cozinha. Sentou na mesa. Distribuiu as peças para sua mãe. Ela olhou com um rosto de espanto.

— Dominó? Você é retardado?

Joel não respondeu. Estava pensando nas próprias energias. Estava com medo, angustiado e com prazer. Porém, não queria estragar nada. Não naquele momento. Fechou os olhos. A irritação veio. Joel decidiu se concentrar nas próprias peças. Teve a sorte de ter a primeira. Colocou-a no centro da mesa.

— Sua vez.

– Você é doente da cabeça? Você tem que decidir sua vida, meu filho.
– Eu sei.
– E aí?
– Eu vou ficar.
– Sério? Por que você faria isso?
– Eu tenho planos.
– Mas eu talvez não queira você aqui.
– Você pode me expulsar de casa se você quiser, mas eu não vou sair.
– Eu não entendo você, meu filho.
– Eu sei.
– Cara, eu não te quero aqui. Eu nunca te quis aqui!
– Então me expulsa.

Joel sentiu o cheiro dos sanduíches. Levantou-se, foi até a pia. Abriu a sanduicheira. Eles já estavam bem morenos. Desligou o aparelho da tomada. Pegou dois pratos do armário. Colocou um sanduíche em cada prato. Destacou dois guardanapos do rolo. Cobriu os pratos. Pegou ambos e colocou um na frente de sua mãe ao lado das peças dela, e o outro levou consigo até se sentar em sua cadeira. Deu uma primeira mordida.

– Joel, por que você está fazendo isso?
– Mãe, olha, não se assusta, mas eu sinto prazer com o seu sofrimento. Se você continuar com essa forma de me tratar, é capaz de esse prazer aumentar.
– Você não sente esse prazer porque eu te trato mal. Você sente isso há muito tempo. Você e seu pai!

— Eu sei.

Joel percebeu a mãe começar a soluçar. A ansiedade interna dele aumentou e decidiu que não brigaria, não gritaria. Ela pegou o sanduíche com as mãos tremendo e começou a mordê-lo. Joel sentiu as pernas tremerem na mesma frequência. Levantou-se, foi até a geladeira. Pegou uma jarra de suco que estava ali há duas semanas. Encheu um copo para sua mãe, encheu para ele. Já que ela não fez menção em pegar o suco, Joel pôs o copo na frente dela. A mãe pegou, tomou um gole. Joel ajeitou o cabelo dela, que levantou o rosto, fazendo Joel notar os olhos cansados e angustiados. Essa visão voltou a assustar Joel, que sentiu sua alma derreter um pouco. Fez um esforço para se recompor. Voltou para sua cadeira. Pegou novamente as peças do dominó. Olhou para a mãe. Ela entendeu e organizou suas próprias peças na mão. Escolheu uma e encaixou na primeira. Ela voltou a olhar para ele.

— Filho, eu te amo.

Joel não resistiu. Uma lágrima escorreu. Organizou as próprias sensações. Percebeu a própria dor aumentar um pouco.

— Eu sei, mãe. Eu sei.

Capítulo 13

Quando terminou o jogo de dominó, Joel resolveu se arrumar para sair. Em algum momento daquela noite, teria que ligar para o pai. Já no quarto, tentou organizar toda a dor, a agitação e o nervosismo que estava sentindo. Pegou o celular e olhou as mensagens: *"Me liga"*; *"Não estou conseguindo falar com você"*;

"*Deixa de ser irresponsável*". Já sabendo o que ele queria, Joel decidiu se arrumar primeiro com um banho, para depois fazer a ligação. Pulou no chuveiro e tomou uma chuveirada rápida. Saindo do banho, teve vontade imensa de fumar um cigarro. Procurou o maço espalhado pelo quarto. Encontrou-o no canto da cama. Estava amassado demais. Acendeu um com um palito de fósforo. Sentiu novamente os músculos relaxarem. Ouviu os pratos sendo lavados na cozinha. Sua mãe estava mais calma. Ele estava tentando também se acalmar, e o cigarro ajudou. Viu a fumaça. Tentou fazer arcos brancos com a boca. Fracassou. Riu disso e engasgou um pouco. Sentiu que o cheiro do quarto ficaria rapidamente insuportável. Não poderia dormir bem. Apagou o que restava do cigarro na lateral da cama. Sentiu-se mais confiante, mas ficou na dúvida se seria capaz de dizer tudo o que era necessário a seu pai. Pensou que essa conversa seria definitiva. Ele deixaria clara sua decisão e precisaria entrar em um embate franco com o pai. Resolveu parar de valorizar isso e pegou o celular. Desbloqueou. Encontrou o número e discou.

— Estava demorando, rapaz.
— Oi, pai.
— Sua mãe já falou contigo?
— Já. Como foi que aconteceu isso?
— Então, foi tudo um grande golpe de inteligência do seu pai. Venho conversando com esse cara há dois anos.
— E por que você nunca tinha me dito nada?
— Ainda não tinha nada certo.

– Entendi. Preferiu me apavorar e me colocar para trabalhar com seu tosco amigo.
– Por que você está falando assim?
– Pai, o que você quer?
– Eu quero que você venha morar comigo.
– Mas e a mãe?
– Meu filho, um dia ela vai ter que se virar sozinha. Não adianta ficar resolvendo os problemas dela sempre. Uma hora ela vai ter que sair da posição de vítima.
– Pai...
– É sério, meu filho. Não adianta ficar com pena. Sua mãe é doente e tem que aceitar ajuda. Eu tentei durante anos. Você não pode ter essa responsabilidade.
– Eu sei, pai.
– Então? O meu salário vai ser bem legal. Deixarei de operar com a minha empresa, mas a grana vai ser ótima!
– Que bom.
– Não tem motivo para você continuar em casa.
– Mas você não estava montando um lugar em Araruama?
– Sim, mas isso já acabou. Agora vou eu e a minha nova companheira para a casa nova.
– É... Tem ela.
– Cara, quando você conhecer a Natália, você vai adorar. Ela é um amor, e não tem nada a ver com a separação.
– Não tenho dúvidas disso.

– Eu estou muito empolgado, companheiro! Acho que vou comprar uma casa de frente para a praia. Você vai adorar. A faculdade é a UFRN. Imagina morar em um lugar diferente!?

Nesse momento, Joel lembrou que, há poucos dias, esse realmente poderia ser seu futuro. Isso o balançou. Conheceria um lugar novo, uma nova cidade. Poderia fugir de seus demônios. Olhou-se, enquanto segurava o telefone, no espelho do armário e se concentrou em sua sobrancelha.

– Que bom, pai.
– E eu quero você lá comigo.
– Pô, que honra! Mas não vai rolar.
– Como assim? Achei que você iria adorar.
– Houve uma época em que eu iria, pai. Mas a vida está acontecendo.
– Que frase ridícula, meu filho.
– É, pai. Você está fazendo a propaganda certinha.
– Cara, eu vou te levar de qualquer jeito. Não vou deixar você se contaminar contra mim pela loucura de sua mãe.
– Você está louco, pai? Vai mandar a polícia pegar o seu filho de 18 anos?
– Cara, eu já tive uma discussão enorme com a sua mãe hoje. Já tinha avisado o que iria acontecer. Impressionante como ela consegue jogar você contra mim!
– Pai, para. Sério. Eu não estou com paciência para isso. Eu não vou e pronto.

— Olha só. Eu estou por perto, porque vim te buscar. Estou chegando aí. Dá uma saidinha no portão pelo menos para conversarmos.

Joel desligou o telefone e sentiu a pressão de negar a decisão do pai. O fato é que, com 18 anos, isso não era tão difícil. O problema era a tentativa de manipulação psicológica. A insistência em citar a doença da mãe era repulsiva. Aquilo irritava e amedrontava Joel. Colocou uma camisa branca e desceu as escadas.

— Meu filho, vai sair assim?
— Não, mãe. Vou aqui fora rapidinho.

Não queria que sua mãe soubesse que seu pai estaria ali, para evitar uma confusão grande. Sabia que ela tomaria alguma atitude extrema. Passou rapidamente pela porta. Trancou e ficou esperando na frente da casa. Notou que tinha levado o maço de cigarros nas mãos. Guardou no bolso. Olhou para a esquina e viu o carro do pai chegando. Ao ver o pai descer do carro, percebeu que ele estava mais magro e mais moreno.

— Meu companheiro, o que está havendo?
— Nada, pai.
— Inclusive você não tinha que estar no trabalho hoje? Me lembrei disso agora.
— Troquei de escala.
— Se abre pra mim, meu filho.
— Pai, é verdade. Eu troquei de escala!
— Ah! Não isso. Se abre pra mim. Por que você quer ficar aqui?

— Pai, sério? Você há três dias me mandou trabalhar para pagar contas para comer e quer saber o porquê de eu não ir morar com você?

— Era necessário naquele momento.

— Você já estava negociando um emprego bom e não me disse nada.

— Eu não tinha certeza. Não podia te iludir.

— Tudo bem. Eu entendo você, mesmo. Só não quero ir morar contigo.

— Meu filho, suas oportunidades vão aumentar. Aqui você vai ter que trabalhar diariamente.

Aquelas palavras transformaram o medo de Joel em fúria. Agora o trabalho que apenava Joel e que tinha sido indicado pelo pai servia como argumento para que esse pai criticasse o nível de vida do filho.

— É, pai? Que coisa, né? Mas com essa idade você já estava trabalhando, não é mesmo?

— Mas porque eu precisava.

— Sim. Mas você pode mandar dinheiro para mim. Aí não vou precisar trabalhar e vou poder ficar aqui.

Joel notou o semblante de seu pai mudar. Construiu uma expressão lacônica e irônica ao mesmo tempo. O clima de confronto estava mais franco. Joel resolveu tomar uma postura mais defensiva, porque sabia que o pai iria para o ataque.

— Eu não vou mandar dinheiro para sua mãe.

— Eu não disse que seria para minha mãe.

— Mas é claro que você iria usar para ela.

— E qual o problema disso?
— Eu sustentei sua mãe por 20 anos. Isso não vai continuar. Ela vai ter que se virar. Cansei de ser sugado! Eu não vou pagar, durante toda minha vida, pelo erro de ter vivido com ela por 20 anos.
— Você está falando como se isso fosse uma fatura.
— E é. Não vou mais pagar por isso.
— Você está vendo? O que eu posso fazer?
— Não amarrar sua vida ao atraso. Você não tem que assumir responsabilidades que não são suas. Já te falei isso!
— Cara, para de gritar.
— É que parece que eu não estou dialogando com você! Igual à sua mãe. Eu não acredito nisso.

Repentinamente, Joel ouviu um barulho ensurdecedor. A porta bateu muito forte. Era sua mãe, que começou a gritar.

— Seu traidor! Não grita na minha casa, não grita com o meu filho!
— Mãe, vai pra dentro. Deixa que eu resolvo isso aqui!
— Esse pilantra está me xingando alto na porta da minha casa. Não vou permitir isso!
— Você é doida mesmo. Jogou seu filho contra mim. Agora ele vai perder um monte de oportunidades por causa de sua irresponsabilidade!
— Ele vai fazer o que quiser! Você não tem que fazer terrorismo, babaca!
— Vocês dois podem parar de gritar?!

O berro de Joel foi assustador. Ele concentrou força nas cordas vocais e construiu um tom diabólico. Os pais pararam imediatamente assustados com aquele grito.

— Mãe, vai pra dentro. E, pai, para a pose. Está ridícula.

— Filho, eu estou aqui pra te defender desse cretino que é o seu pai.

— Mãe, por favor.

Joel viu os olhos da mãe e notou uma centelha que vira poucas vezes. Ela se alimentava daqueles conflitos. Era amedrontador, mas era verdade. Ela virou de costas e bateu a porta muito forte para entrar.

— Pai, por favor, você pode parar de posar de vencedor?

— Como assim?

— Há alguns dias você estava com outro discurso. Deixa de dar autoajuda. Estou bem aqui. Quero que você seja feliz e boa noite!

— Mas, filho, que frieza! Eu quero o melhor...

— Não é frieza. Eu sei. Nossos critérios são diferentes.

— Mas o que você vai fazer da vida? Vai trabalhar em loja de livros para sempre?

— Eu vou fazer o que der para fazer, me dando o tempo possível.

— Isso é papo de medíocre.

— Pai, sério. Boa-noite.

— Desculpa, filho. Sério. Mas o que você vai fazer? Estou preocupado!

Joel notou que estava encostado no muro. Sentiu o clima da conversa subitamente melhorar. O pai acabara de baixar a própria adrenalina. Gostou daquilo. Queria dar um abraço nele, apesar da raiva. Ficaria muito tempo sem sentir o cheiro de sua proteção, que, de fato, existia.

— Pai, eu tenho umas coisas aí em mente. Quando for mais fixo, eu falo.

— Companheiro, eu vou sentir sua falta.

— Eu sei.

— Eu não estou entendendo o que está acontecendo.

— Eu sei disso também, pai.

Joel olhou de maneira firme no olho do pai. Notou afeto, incredulidade e tristeza. Orgulhou-se disso. Sentiu-se grande. Lembrou-se do Kafka lido em direção ao aeroporto. Podia ser do tamanho do pai.

— Eu tenho que ir, companheiro.

— Boa viagem, pai.

— Eu amo você, meu filho.

— Eu também.

Joel, então, notou os olhos molhados do pai. Sentiu ternura e o abraçou forte na despedida. Não havia mais o que dizer. Olhou o carro partir. Virou as costas, entrou em casa e fechou o portão atrás dele.

Epílogo

Joel agora se olhava diante do espelho. As duas últimas conversas tinham sido muito desgastantes, mas ainda havia o samba no Méier. Precisava se arrumar e se preparar para encontrar Laís. Sentiu um desgaste evidente. Teve que se autoproteger a noite inteira. Sentia o corpo pesado, mas a perspectiva de beber um pouco o animou. Cerveja, nesse caso, seria bom. Porém, sentiu o medo do cotidiano. As batalhas emocionais seriam constantes, agressivas e cansativas. Fechou os olhos e voltou a abri-los. Olhou o quarto, suas roupas, seu armário. Sentiu orgulho de sua opção, mas medo também. Decidiu colocar a calça jeans. Não. Lembrava uniforme. Era melhor bermuda. Trabalhava e estudava de calça jeans. A melhor opção seria uma bermuda. Procurou e escolheu uma xadrez, antiga, larga, confortável. A camisa cinza era uma boa. Não, informal demais e legal de menos. Escolheu a dos Ramones. Era preta, combinava bem com a bermuda e era cool. Olhou-se novamente no espelho. Gostou do resultado, mas notou que estava mais preocupado com isso do que o normal. Como ele reagiria? Como ela reagiria? Eles ficariam? Isso não tinha ficado claro. Queria vê-la, isso era óbvio, mas sem dúvida a ansiedade estava aumentando. Decidiu chamar Leo. Ele daria um belo acompanhante. Poderia expulsá-lo também a qualquer momento. Tinha intimidade para isso. Pegou o celular e resolveu mandar mensagem.

Vou ao Leão Etíope no samba. Vou encontrar com Laís lá. Bora?

Não demoraria a responder. Nunca demorava. Joel decidiu descer e tomar um gole de refrigerante. Não queria encontrar com a mãe de novo, mas não seria nada demais se acontecesse.

Ao pular pelas escadas, notou que sua mãe já tinha ido dormir. Abriu a geladeira. Colocou o refrigerante no copo, olhou a mesa e viu um pacote de balas em cima dela. Um bilhete: *Achei em uma bolsa velha. Come aí.* Teve vontade de rir. Como não amar? Pegou o pacote e colocou no bolso. Subiu as escadas, porque percebeu que tinha esquecido o celular em cima da cama. Olhou e notou que Leo respondera.

Meu querido amigo chifrudo, que belo convite para vela. Ou haverá amiga partilhada? Que horas? Aguardo notícias.

Não podia esperar outro tipo de reação desse canalha. Riu. Respondeu que sairia em dez minutos. Poderia chegar mais cedo que todos e já aproveitar o evento. Pegou um vidro de colônia e passou duas gotas no pescoço. Colocou um cinto na bermuda, pegou as chaves e a carteira na mesa e saiu. Foi andando até o ponto. Resolveu ouvir uma pasta de músicas de Bob Dylan que havia baixado quando chegou em casa depois da aula. Em algumas músicas, a voz dele era engraçada. Depois de um tempo ficou enjoado e decidiu mudar para Legião Urbana mesmo. Começou a ouvir "Há tempos". Com os primeiros versos, "Parece cocaína,/ Mas é só tristeza". lembrou-se de sua noite na Lapa, do cigarro agora perdido no quarto, da voz de Laís. Parecia muito tempo para Joel, mas tinha sido há poucos dias. Já sentira a tristeza necessária? Não sabia com certeza, e olha que sentira muito. Ao passar pelo posto de saúde, sentiu o gosto pelo prédio aumentar, agora com um novo significado. Pensou na proposta do professor de Geografia. Seria muito mais trabalho, muito mais coisas a fazer, porém uma boa oportunidade se abria. Trabalhar com Geografia era uma boa opção. Frequentava o site do IBGE para saber estatísticas e poderia trabalhar com isso. A política de urbanização era realizada por quem em uma cidade? Provavelmente com Geografia poderia participar dessas discussões. Como também era uma matéria de formação de professores, era provável que pudesse estudar em um turno apenas. Assim, o trabalho poderia continuar. Ao olhar o curso de inglês na entrada do Méier, viu mais calça legging. Ainda foi impactante, como na última vez, mas em grau menor.

Desceu no ponto e atravessou a rua correndo. Começou a ouvir o som entoando da praça. Era samba, era Dona Ivone Lara. Guardou o fone. Sentiu uma pele da unha ficar pendurada nesse movimento. Retirou esse pedaço no canto do dedo e a ferida ardeu. Não se preocupou tanto. Lembrou-se que ninguém ainda estaria ali. Decidiu parar em frente a um vendedor e pegar uma cerveja. Abriu a latinha. Tinha parte do dinheiro da passagem que o trabalho havia dado. Poderia usar o cartão de passagens gratuito do colégio para compensar esses gastos. Tomando a cerveja, foi se aproximando da roda de samba. Sentou em um banco da praça e ficou desconectado do que estava acontecendo. Tinha acabado de chegar. Parecia, a Joel, normal que ainda não estivesse no clima da festa. Continuou tomando a cerveja e foi pedir um churrasquinho. Apesar do sanduíche anterior, precisava de algum tipo de substância para ajudar a preencher o estômago. Escolheu coração e passou na farofa. De repente, sentiu um toque nas costas. Era Gil.

— E aí, Joel?

— Gil! Você mora por aqui?

— Moro sim! Adoro o Leão Etíope.

Joel tentou, mas não aguentou:

— Cara, aqui não tem Bob Dylan.

— Eu sei. Mas parece que você não entendeu. Bob Dylan não é só Bob Dylan! Bob Dylan é muito mais do que isso!

— Como assim?

— Está ouvindo o que está tocando agora?

— Zeca Pagodinho?

— Sim! Zeca Pagodinho é Bob Dylan no Brasil. Caetano é muito Bob Dylan no Brasil! É tudo muito maior.

Joel não conseguiu segurar o riso. Os olhos de Gil estavam brilhando. Ele se despediu. Tinha que encontrar outras pessoas. Joel ficou encostado na carrocinha do churrasquinho ouvindo samba. Tomou mais dois grandes goles da cerveja. Notou que a lata ficou vazia. Foi até outro vendedor e comprou outra. Terminou o coração de galinha, jogou o palito no lixo e ao longe enxergou Leo. Ele estava de calça jeans e camisa branca, o inverso, pensou Joel. Abraçaram-se e se olharam rindo.

— Manolo, é sério que tu vai encontrar com a Caloura?

— É sério, Leo. E nem começa.

— Começar o quê? Só estou perguntando. E o tal do outro?

— O que é que tem? Eles não tinham nada.

— Cara, que fofo você. Não entendo, realmente não entendo.

Joel pegou Leo no ombro e puxou-o para o outro lado da praça. Queria ver se Laís já tinha chegado. Joel olhou para Leo e notou que ele estava se comportando do jeito que se comportava sempre em festas. Com as antenas ligadas, sempre olhava de um lado para o outro. Era estranho, mas engraçado. Ficava entoando uns sons esquisitos e mexendo o corpo de um jeito desengonçado. Senso de humor era o afrodisíaco que Leo exalava na visão de Joel.

— Cara, o que você está dançando?
— O samba de Zeca Pagodinho.
— Isso daí não é samba. Parece uma minhoca. Meu Deus do céu!
— Manolo, sua inveja do meu suingue é gritante. Olha o ombrinho?
— Ombrinho no samba? Você é uma vergonha para essa cidade.

Joel viu uma cara de desprezo de Leo. Balançou a cabeça negativamente, mas notou que algumas meninas riam dele ou para ele. Era tudo do que Leo precisava. Joel entrou pela parte mais lotada da praça seguido por Leo. O som começou a aumentar. Ficou perto do surdo e sentiu a marcação. Fechou o olho. Gostou muito da sensação. Era um pouco física, mas também intelectual. Voltou a olhar no entorno, procurou Leo, e ele já estava conversando com uma morena ao seu lado. No primeiro sorriso dela, ele percebeu o que aconteceria. Apresentou-se, a menina respondeu e voltou a conversar. Joel olhou de longe e enxergou uma mulher de vestido colorido. O vestido era largo e ela, bem sorridente. Joel percebeu logo o tipo físico de Laís, seu corpo, seu jeito. Levantou as mãos acenando. Ela atendeu. Levantou a outra com a lata de cerveja e reparou que também estava vazia. Acenou novamente e Joel notou que ela já o tinha visto. Foi correndo até ele. Observou como ela estava bonita com o vestido e com a pequena bolsa no ombro. Abraçaram-se e trocaram beijos na bochecha. Aquele pouco contato deixou Joel ansioso. Procurou Leo para se escorar e arrastou-o para perto de Laís para que a ansiedade diminuísse.

– Manolo, estou conversando aqui, com essa lindeza.

– Deixa de ser mal educado e fale com a Laís!

– Oi, Laís. Belo vestido!

– Obrigada, Leo. Você está uma graça de calça jeans nesse calor e nessa muvuca.

– É que eu sou muito elegante! Inclusive em roda de samba.

– Estou vendo! A menina está te chamando!

– Manolo, te vira aí. Ela nem trouxe amiga. Vou ter que me arranjar.

– Você disse a ele que eu traria uma amiga?

Joel ficou envergonhado e mais ansioso com aquilo. Leo tinha sido muito simpático, mas não estava resolvendo problema algum. A angústia aumentava.

– Ele entendeu errado.

– Você acha que a gente vai se pegar?

Joel não gostou daquela dianteira de Laís. É claro que ele achava. Não sabia o que dizer para parecer espirituoso. Resolveu dizer a verdade.

— Sim.

— Poxa, Joel. Já? Você nem consegue expandir o romance!

— Que romance, garota?! Você me perguntou se eu achava que a gente ia se pegar.

— Você poderia ter sido mais enigmático.

— Pelo amor de Deus! Como eu faço?

— Está reclamando do quê?

— Eu vou pegar uma cerveja.

Joel virou as costas e procurou um vendedor longe da multidão. Saiu andando e percebeu que Laís estava atrás dele. Gostou da sensação. Fora automático, natural. Ele não a chamara. A ansiedade diminuiu um pouco. Andou mais lentamente e pensou em colocar a mão na cintura dela. Desistiu. Ainda não.

— Como você sai andando na minha frente e não me chama? Mal-educado!

As palavras reacenderam a ansiedade de Joel. Não era possível que ele não pudesse ter momentos de tranquilidade com ela. Sempre havia um motivo para o conflito. Pegou duas cervejas e pagou. Deu uma a ela.

— Você reclama demais.

— Não. A cerveja te desculpa. Relaxa.

Os dois abriram ao mesmo tempo e começaram a beber. Essa era a terceira lata de Joel e ela estava boa. Olhou e notou que Laís estava dançando um pouco, de leve, sozinha, mexendo o quadril com o vestido solto. Olhou para a cerveja e sentiu um instantâneo relaxamento. Sorriu.

— Você está linda.

Ela simplesmente olhou e sorriu de volta. Fechou os olhos e continuou dançando sozinha com a latinha na mão. Joel viu a música acabar e todos aplaudirem. Ficou insatisfeito. Queria só mais um pouco daquela. Não sabia o nome do compositor, mas sabia de suas próprias sensações.

– Eu e meu pai discutimos hoje de novo.

Aquelas palavras bateram como um martelo no relaxamento de Joel. Era uma frase dura, seca e Joel notou os olhos de Laís se encherem de lágrimas rapidamente. Joel ficou calado. Não tinha o que fazer.

– Ele bebeu bastante.

Joel olhou para a cerveja nas mãos dela. Ficou sem graça.

– Foi mal, por isso.

– Nada! Está me ajudando a relaxar! Estou bem!

– Como?

– Foi pouco. Foram só alguns gritos. Ele estava bêbado e eu o critiquei por isso. Ele se irritou e começou a me xingar. Minha mãe não estava. Fiquei irritadíssima! Gritei. Fui até o quarto. Por isso, demorei. Queria que ele fosse dormir para me arrumar em paz.

– Você quer ver Thiago?

– Rá! Pensei nisso. Sinceramente. Mas já tinha marcado com você.

Essa fala foi assombrosamente agressiva para Joel. Há segundos ela estava linda! A ideia de que ela só estava cumprindo um compromisso burocrático inundou Joel de mau humor.

Teve vontade de fazer alguma grosseria. Tentou se controlar. Não conseguiu.

— Você pode ir até lá agora. Não precisava bater ponto aqui não!

— Deixa de ser babaca.

— Nossa! Você é uma flor, né?

Laís virou de costas. Joel ficou de novo sem saber o que fazer. Parecia sempre a mesma encruzilhada. Deu dois passos e tirou-a para dançar. Sentiu-se desajeitado para aquilo, mas não havia outro jeito. Ela riu. Isso agradou a Joel, que logo se separou. Não poderia manter aquele pequeno desastre de dança por muito tempo. Ele olhou novamente e agora ela estava com um ar tímido.

— Você pode ir para casa se quiser, Laís. Ou para outro lugar. Não precisa ficar aqui.

— Você não entendeu. Eu preciso disso aqui. Na verdade eu queria fugir de casa.

— Deixa eu beber mais três cervejas que eu te levo para a Europa!

— Gosto de você assim, mais bem-humorado.

— Se seu pai não fosse alcoólatra e violento por causa disso, eu diria que você ama cerveja!

Joel sentiu imediatamente que sua piada não tinha soado bem. Odiava quando isso acontecia. Olhou para Laís e viu que seu olhar era furioso. Essa constatação o tranquilizou, porque preferia raiva à tristeza naquele momento.

— Você é meio imbecil, às vezes, né, Joel?

— Só o suficiente para sofrer suas grosserias em paz, meu amor.
— Meu amor! Você está doido por mim mesmo!
— Por que negar? Quer mais uma? A minha já acabou. Daqui a pouco estou comprando nossa passagem.
— Não. A minha está na metade ainda.

Joel foi novamente ao vendedor e pegou mais uma cerveja. Virou-se e viu Laís mais próxima. O rosto dela estava muito bonito. O cheiro também. Abriu a cerveja e tentou se concentrar no gosto amargo do líquido. Olhou para ela de volta e Laís sorriu. Parecia que ela estava sempre controlando toda a situação e ele se sentiu à deriva. Joel sugeriu que voltassem para o lado da percussão do grupo, porque Leo ainda estava lá. Quando chegaram, Joel viu imediatamente que Leo estava agarrado com a morena, beijando-a. Imediatamente, Joel sentiu desconforto pairando no ar. Olhou para Laís e pensou que talvez um beijo suspendesse essa atmosfera. Colocou a mão em sua cintura e puxou-a para perto. Ela o empurrou. Isso o enfureceu.

— Garota, eu não entendo você!
— Eu sei!
— Você está claramente me dando condição!
— E daí? Eu te beijo quando eu quiser!
— Mas se você não quer, por que age como se quisesse?
— Eu não sei se eu quero. Eu sei que não quero nesse exato momento!
— Então, o que eu faço?
— Lide com a frustração!

Joel deu um grande gole na cerveja para aplacar a raiva. Não sabia como reagir a partir dali. Ficou sem graça. Decidiu acabar logo com a cerveja para ter a desculpa para andar. Um gole de tamanho inédito foi experimentado. Amassou a lata e deixou-a no chão com delicadeza. Ouviu, então, uma voz conhecida que não era a de Leo.

— Caloura!

A visão de Nelsinho perturbou Joel. Ele já tinha ficado com ela, um completo idiota, pensava agora Joel. E ela acabara de negar um simples beijo. Além de envergonhado, Joel estava nervoso.

— Oi, Nelsinho. Já pedi para você parar de me chamar de Caloura.

— Vocês estão sozinhos? Estão se pegando ou eu posso ficar aqui?

Joel decidiu se antecipar para não se sentir deslocado.

— Vou pegar uma cerveja.

Virou as costas e ouviu algo atrás dele, mas não deu atenção. Rapidamente, Leo apareceu ao seu lado.

— Você vai deixar o Nelsinho sozinho com ela?

— E a sua morena, rapaz?

— Espetacular. Olha, acho que estou apaixonado!

— O que você acha que eu tenho que fazer, Leo?

— Ué? Briga por ela.

— Que brigar por ela, cara! Ela acabou de recusar um beijo meu. Deixa ela fazer o que ela quiser.

— Está bem. Só estou dizendo um clichê para não me sentir mal por mais um chifre seu, Manolo!

– Cara, você é impossível! Cruel!

– O adjetivo certo é gênio, Manolo. Gênio! Deixa que essa cerveja eu pago. Quero você bêbado para chorar no final da noite. Vai ser hilário e eu vou gravar.

Chegaram perto do vendedor e Leo pediu duas cervejas. Disse que levaria uma para a morena. Joel ficou olhando Laís e Nelsinho de longe. Eles estavam rindo e Nelsinho já estava bem próximo a ela. Joel achou que sentiria mais raiva, mas se surpreendeu. Estava ouvindo um bom samba em uma praça que gostava de olhar, estava com um amigo ao lado, tomando uma cerveja. Não conseguia pensar em um lugar mais agradável para estar naquele momento. Se Laís não queria ficar com ele, o que fazer? Fechou os olhos e voltou a ouvir o surdo. A marcação de novo estava bonita e com certeza as cervejas estavam ajudando. Sem perceber, voltou a pensar na proposta do professor de Geografia. Que decisão tomar? Frequentaria as reuniões aos sábados? Sem bolsa? Pesquisar fotos da cidade parecia muito legal. Já seria algo para o currículo. Mas naquele momento estava sem tempo. Sentiu o braço de Leo.

– A Caloura está chamando a gente.

Joel olhou e percebeu que ela estava rindo, olhando com súplica pela volta dos dois, com Nelsinho do lado com um olhar que parecia, de longe, sombrio. Joel ficou feliz e decidiu correr até lá. Notou Leo ao lado fazendo o mesmo, mas reclamando. Chegou na frente dos dois e ouviu.

– Por que vocês estavam parados lá? O Nelsinho já estava de saída! Vocês querem que eu fique aqui sozinha?

— Eu não estava de saída. Você está querendo aparecer para ele, lindinha!

— Cara, sério? Me chamar de lindinha?

Joel resolveu ficar apenas olhando. Não se meteria naquela discussão, porque queria observar o conflito agora que percebia que não aconteceria nada entre os dois.

— Por que você está se fazendo de difícil?

Joel teve vontade de rir, mas só tomou mais um gole.

— É melhor você ir embora, Nelsinho. A morena com quem estou ficando aqui já está conversando com outro cara, claramente a Laís quer dar uns pegas no Joel, não sei quando, mas é claro que ela quer. E você está sobrando.

Joel e Laís riram ao mesmo tempo da observação de Leo, que, na verdade, soava realmente preocupado com a situação da morena com quem ficara. Joel notou que logo ele se dirigiu a ela para afastá-la de qualquer perigo.

— Vou deixar vocês dois, então, mas lembre-se, Joel: eu já peguei sua namoradinha!

— Cara, parabéns! Porque nem eu sei se vou conseguir algo. E olha que eu estou tentando.

Voltou-se para Laís:

— Você sabe que agora é seu dever moral me dar pelo menos um beijo, né?

Laís riu e Joel percebeu a oportunidade. Pegou-a pela cintura mais uma vez e o beijo aconteceu finalmente. Sentiu bastante a língua dela e o corpo junto. Aquilo o animou mais. Depois de se afastar do corpo dela, bebeu mais um gole.

– Você não precisava ter me deixado aqui.
– É? Beleza.
– Quem você pensa que eu sou? Você acha que eu faria isso com você? Sairia e ficaria com outro na sua frente? Eu, no máximo, não ficaria contigo.
– Eu sinceramente não sei, Laís. Só sei que seu beijo é bem gostoso e que essa cerveja está divina. Você faz o que você quiser.

Joel gostou da própria resposta. Estava conseguindo se proteger bem do campo de força que ela criava. Percebeu a conversa mantendo um elevado nível de interesse entre os dois, mas sem também se tornar desconfortável. Decidiu curtir mais a música, que isso estava trazendo sorte. Chegou ainda mais perto da roda de samba. Estava lotada a praça. Joel viu e gostou das cores, dos corpos se movimentando, da noite, até da lua. Resolveu sentar ao lado do homem que tocava tantã e pegou um ovo que servia de chocalho ao seu lado. Começou a sacudir naquilo que Joel acreditava ser o ritmo da música. Ainda cantou um pouco.

Arte popular do nosso chão
É o povo quem produz o show e assina a direção

Quando olhou para o lado, percebeu Laís dançando e rindo muito daquela cena. Pensou que aquela felicidade poderia passar a qualquer momento. Olhou ao lado e viu que tudo aquilo era frágil. Sentiu medo. Não poderia fazer nada quanto àquele medo.

Continuou tocando e olhando para Laís. Lembrou-se dos versos de Bukowski. Sentiu sua alma escorrer, mas agora com um novo sentido. Ele sentia-se derreter entre a multidão. Foi tomar outro gole e percebeu que a cerveja tinha acabado novamente. Chegou a suspeitar que o dono do tantã tinha bebido. Olhou para o lado e se certificou de que ele estava muito concentrado. Impossível. Ficou assustado com o quanto estava bebendo. Levantou-se para comprar outra latinha e arrastou Laís junto. Chegou perto de outro vendedor e pediu duas. Ela chamou-o para se sentar do lado dela no meio fio da calçada. Joel notou que ao lado dela estava uma barata. Não disse nada, porque talvez ela não percebesse.

– Joel, você está claramente mais leve, contente. O que aconteceu?

– Não sei. Acho que é a cerveja.

– Eu tenho que ir embora para casa!

– Ai! Não faz isso comigo!

No ímpeto daquela notícia, Joel deu outro beijo em Laís. A língua dela estava ainda mais gostosa, a coxa também.

– Eu preciso mesmo.

– Achei que dormiríamos juntos.

– Você está bem animado. Não vai rolar. Tenho medo do que meu pai pode fazer com minha mãe.

Aquele argumento era incontestável. Joel não poderia lutar contra aquilo. Decidiu acompanhá-la até em casa. Seria uma forma de ficar mais próximo a ela e ainda descobriria exatamente o lugar onde ela morava. Disse que precisava apenas avisar ao Leo. Deixou-a sentada e foi procurá-lo. A música ainda acontecendo com os corpos todos se movendo. Era toda uma realização física que rodava, ou a cerveja dava essa impressão. Deu primeiramente uma volta exterior no grupo de pessoas que estava na praça. Não viu Leo. Depois decidiu se embrenhar pela multidão para encontrá-lo. Encostava em todos os corpos, todos eles suados, empapados. O cheiro era acre. Não era exatamente fedor. Tinha a ver com o suor, mas não se caracterizava como totalmente desagradável ou nojento. Era até sensual. Novamente Joel se viu frustrado em sua busca. Não encontrou Leo. "Deve estar em algum lugar escondido com a menina", pensou Joel. Foi para a parte alta da praça por desencargo de consciência, mas novamente não o viu. Foi em direção a Laís e chamou-a para o ponto. Quando Joel sentou-se no banco, aproveitou-se do maior tamanho para voltar a beijar Laís. Agora o ato era mais sensual do que antes. Joel explorou mais o corpo de Laís, que consentia e se aproveitava do pescoço dele. Aquela sequência fez os dois perderem dois ônibus em seguida, como percebeu Joel. Aquilo o excitou ainda mais. Pensou que na verdade a ideia de algo excitante é que era excitante. Se enrolou no pensamento e perdeu o fio do beijo. Laís olhou de perto e sussurrou bem carinhosamente.

— Eu sei que está ótimo, mas eu realmente tenho que ir, menino.

Joel prontamente se levantou e foi para a beira da calçada para chamar o ônibus. Pegou Laís pela cintura e sentiu-a mais próxima, mais dele. Começou a se repreender pelo pensamento. Seria machista? Jogou a última latinha fora. Ainda estava com ela sem perceber. Chegou um. A viagem seria curta, só até o

Engenho Novo. Ao sentarem no banco, Joel tentou colocar a cabeça de Laís no seu ombro. Não encaixaram. Ficou sem graça, então decidiu começar uma conversa menos sentimental.

— Posso te perguntar uma coisa?

— Claro, Joel. Só não me pede em casamento.

— Fica tranquila. É só uma opinião que eu quero. E relaxa que você é que vai me pedir em casamento. Estou com uma grande dúvida sobre o que faço da vida, no vestibular, em tudo. Estou trabalhando agora, né? Hoje consegui a folga, mas trabalho todo dia de madrugada.

— Todo dia há três dias, né?

— Isso. Para de me zoar e me escuta. Essa rotina já está me deixando muito cansado e vai me deixar mais ainda. Só que o professor de Geografia vai fazer um grupo de estudos ótimo sobre a cidade. Ele é bem razoável como professor. Só que terei que trabalhar com ele aos sábados e sem bolsa.

— É. Eu já reparei que você fica toda hora olhando a rua, os prédios, a calçada. Você adora a rua. Impressionante.

— Então, isso parece meio óbvio para todo mundo agora. Quem me deu o toque foi o Leo. O que você acha que eu devo fazer?

— Bem, tudo que eu disser agora pode ser usado contra mim.

— Por quê, Laís?

— E se nós namorarmos? Eu posso perder meu sábado com você.

— Nossa, que apressada. Você também pode ser selvagem. Infelizmente eu já tenho namorada. Não te contei?

— Tem mesmo. O Leo.
— Ele é lindo, né. Sexo selvagem. Arranha todo o meu corpo.
— Menino, para de perder o foco. Olha, acho que você pode experimentar. Faz uma semana, depois a outra.
— E o fato de não ter bolsa? Tenho medo de me sentir um otário. Outros alunos vão fazer com bolsa.
— Você pode olhar pelo lado positivo. É menos uma coisa para te prender. Pode sair a hora que quiser.

Joel adorou a observação. Não tinha pensado por esse lado. Mas ao mesmo tempo imaginou um eventual namoro com Laís. Pelo clima, isso era uma possibilidade. Como daria apoio a ela com uma total falta de tempo? O que fazer?

— Mas como eu te ajudaria se namorássemos?
— Você já bebeu demais, né, Joel. Me ajudar em quê?
— Com essa história do seu pai.
— E você vai fazer o quê? Esse é um problema que eu vou resolver, menino! Fica tranquilo. Hoje foi um ponto excepcional. Vou me proteger.
— Eu queria fazer alguma coisa.
— É lógico que queria.

A iniciativa do beijo foi de Laís e Joel se surpreendeu. Sentiu a mão direita dela passar para debaixo da camisa dele. Aproveitou para, carinhosamente, retribuir o gesto. Laís se afastou um pouco do rosto de Joel e sussurrou novamente.

— O ponto está chegando.

Joel olhou para fora e viu que era verdade. Saltou da cadeira e puxou o sinal do ônibus. Desceram e Laís foi guiando os dois.

Joel sentiu vontade de encostá-la em uma parede escura para mais contato. Desistiu, porque percebeu que não era senhor de sua mobilidade por causa da cerveja. Em vez disso, contentou-se em olhar Laís. Ficou feliz por aquela noite, mas começou a sentir um pouco de medo porque era uma calçada muito escura. Na porta de um prédio bege, Laís parou. Joel viu que o portão era verde e contrastava estranhamente com a cor da construção. Teve vontade de rir, mas conteve-se. Olhou novamente para Laís. E foi beijá-la pela última vez naquela noite. Percebeu o quanto estava tonto.

– Eu adorei a noite, Caloura.

– Eu também adorei você tocando ovo e sambando. Cuidado na hora de voltar para casa. Sabe como pega ônibus aqui?

– Sei sim. Pode deixar. Cuide-se aí com seu pai. Não faça nada. Vai dormir.

– Que dormir, menino. Hoje vai ter polícia aqui em casa!

– Laís...

– Estou brincando. Vai na sombra. Sonha comigo. E toma isso aqui.

Laís tirou um pedaço de papel dobrado da pequena bolsa. Enfiou diretamente no bolso de trás da bermuda de Joel, ao mesmo tempo em que o puxava para perto. Dirigiu sua boca para a orelha dele, lambendo-a lentamente na ponta até o lóbulo. Joel sentiu todos os seus pelos se arrepiarem até o limite e ela dizer:

– Só abre o papel em casa, no quarto.

Joel ficou muito ansioso para saber o que era. Pensou em múltiplas possibilidades eróticas depois daquela língua devastadora, mas decidiu dar tempo ao tempo. Estava tonto. Não adiantaria nada abrir o papel ali e perder todo o efeito dele. Viu Laís se afastar até a porta do prédio e entrar com um aceno final. Correu até o ponto de ônibus correndo, porque estava morrendo de medo do que poderia acontecer ali. Decidiu mandar uma mensagem para Leo, porque não sabia o que tinha acontecido. Pegou o celular e notou que já tinha recebido uma notificação dele.

Manolo, estou apaixonado. Você sabe que eu sempre fui um romântico, mas hoje conheci a mãe dos meus filhos! Ou não. Saí mais cedo. Espero que se dê bem aí.

Joel começou a rir sozinho no ônibus. Imaginou Leo casado, aquele que não acreditava em casamento. Era uma piada, mas pensou que talvez o amigo não escapasse daquele destino. Seria engraçado presenciar uma cerimônia daquelas. No ônibus, deitou a cabeça na janela e teve vontade de dormir. Fechou os olhos e abriu. Percebeu que cochilara, na verdade. Essa sensação mista de realidade e sonho era assustadora. Para se manter acordado, decidiu pensar no bilhete que estava em seu bolso. Com aquele beijo, era algo muito sexy. Animou-se para chegar em casa. Lembrou que não havia respondido Leo. Decidiu ser direto e sucinto.

Deu tudo certo. Sorte aí no casamento, Senhor Liberdade.

Voltou a sentir a tontura por causa da cerveja. Olhou pela janela a linha de trem e viu o muro e as plataformas que passavam girarem. A luz pareceu mais uma vez fantasmagórica. Subitamente teve vontade de pegar um trem e dormir em algum assento. Olhou para o outro lado e percebeu a calçada curta, as casas pequenas. Estava chegando ao Engenho de Dentro e percebia as casas diminuírem. Piscou os olhos mais uma vez. Passaram atrás do posto de gasolina e de um hospital grande. Pensou que odiava os postos de gasolina, porque eram lugares sempre iguais. Viu que seu ponto já se aproximava. Mais uma vez, pulou da cadeira para descer, porque estava relaxado e poderia perdê-lo. Puxou a corda e desceu. Enquanto andava na direção de casa, foi se sentindo abraçado pelas residências do Engenho de Dentro, um efeito radical das várias latinhas bebidas. Mexeu nos bolsos e percebeu que gastara grande parte do dinheiro da passagem da semana seguinte. Sentiu um leve desconforto por isso, mas já tinha decidido usar o passe livre mesmo. Ninguém o barraria. Tinha uniforme e pronto. Já tinha usado até para ir para a praia. Não o impediriam de chegar até o aeroporto. Viu a porta de casa. Entrou rapidamente passando pela sala. Lembrou-se do saco de balas em seu bolso e pensou que um pouco de açúcar não faria mal. Sentiu algo pela mãe. Entrou no próprio quarto, tirou rapidamente a bermuda e o chinelo, deitando na cama com o computador, a cueca e a camisa. Decidiu pesquisar sobre os cursos de Geografia. Já no primeiro resultado, viu que poderia cursar tudo em um turno. Era o que queria saber por hora, porque estava com muito sono. Viu que havia no mesmo site uma lista com as matérias e as descrições dos cursos. Não teve ímpeto de ler os documentos. Não tinha sentido o perseguido encaixe. Não importava. Talvez nunca sentisse isso de fato por mais de uma semana ou mês. Foi para a caixa de e-mail. Pegou na mochila o endereço dado pelo professor de Geografia. Antes de digitá-lo no cabeçalho, resolveu escrever a mensagem.

Prezado professor,

Aqui é o Joel, seu aluno da escola técnica. Desculpe a hora, mas decidi aceitar a proposta de participar do grupo, nem que seja aos sábados. Começo quando? O que preciso fazer agora? Já posso adiantar alguma coisa?

Muito obrigado pela oportunidade e um grande abraço,

Joel.

Releu a mensagem e gostou do que viu. Sentiria cansaço e talvez até abandonasse. Como saberia? A questão é que estava muito curioso para ver fotos antigas dessas ruas da cidade. Provavelmente trabalharia com urbanização e Geografia talvez fosse o caminho para isso, uma pesquisa para depois. Decidiu se arrumar para dormir, porque precisaria trabalhar muito nos próximos dias. Apagou a luz, estendeu a coberta e se enfiou debaixo dela. Só então se lembrou do bilhete de Laís. Afoito, levantou-se rapidamente da cama. Acendeu a luz e pensou que aquele bilhete era quase um peso. Teria que ficar excitado naquele momento de profundo cansaço. Vasculhou os bolsos e tirou o pedaço. Ficou feliz com a referência a Chico Science e Jorge Mautner na música que ele tinha indicado. Podia se sentir gostado e podia dormir ao mesmo tempo:

Todo quadro-negro
É todo negro, é todo negro
E eu escrevo o teu nome nele
Só pra demonstrar o meu apego.

Paratexto

Caro leitor, cara leitora,

Todo mundo gosta de um livro que emociona ao mesmo tempo que diverte, não é mesmo? Assim é **Quatro dias na vida de Joel**, que você acabou de ler.

Mas o livro ainda não terminou! A partir de agora vamos falar um pouco sobre o autor, sobre o contexto da narrativa e sobre o gênero literário romance.

Com o material a seguir, você vai ter uma quantidade maior de informações para ajudar a sua leitura. Caso ainda restem dúvidas, peça ajuda ao seu professor.

***

AUTOR

Victor Vasconcellos nasceu no Rio de Janeiro no ano de 1986. Descobriu, durante a infância, que poderia permanecer horas de sua vida em uma biblioteca pública. Surpreendeu-se mais ainda quando percebeu que essas horas passavam rapidamente e que a sensação não era de solidão. Aos poucos, esse mundo da biblioteca pública foi se expandindo para a casa, a rua, e então tomou conta de sua vida. Nesses corredores lotados de estantes apinhadas de volumes, percebeu que os "livros para jovem" de Pedro Bandeira tratam de temas parecidos com grandes romances de Machado de Assis: os medos, as tristezas, a alegria e sobretudo a sensação de que o tempo passa sempre.

Com o intuito de nunca parar de ler, inscreveu-se na Faculdade de Letras da UFRJ e fez mais uma descoberta sobre os livros: ensinar Literatura é também um ato de amor à leitura. Como professor, sempre atuou na Educação Básica, porque considera o trabalho com jovens enriquecedor. Lecionou em escolas do Estado do Rio de Janeiro, na rede particular de ensino e hoje atua como professor de Português e Literaturas do Colégio Pedro II.

Victor Vasconcellos fez ainda Mestrado e Doutorado com foco nos Estudos Culturais, analisando o movimento funk carioca. Buscou, com isso, aproximar-se de uma cultura jovem e periférica que ajuda a criar a cidade do Rio de Janeiro como a conhecemos hoje. **Quatro Dias na Vida de Joel**, seu primeiro livro de ficção, nasce desse interesse pela cidade, pelos jovens, pelo tempo, pelas Literaturas e por pessoas que muitas vezes não são vistas ou ouvidas. Por isso, temas como os jovens no mundo do trabalho e inquietações da juventude estão presentes no livro e se desdobram em assuntos como: saúde mental, depressão, descobertas emocionais, primeiro amor, separação, trabalho e cansaço.

***

OBRA

Obras que tematizam a juventude constituem importante e celebrada tradição na história da literatura universal. Talvez o exemplo mais formidável dessa linhagem de livros seja *O apanhador no campo de centeio* (1951), do norte-americano J. D. Salinger. No Brasil, não são poucos os escritores que privilegiaram tal temática em seus escritos, de Jorge Amado a Érico Veríssimo, passando por nomes contemporâneos, como Henrique Rodrigues e Jefferson Tenório.

Quatro dias na vida de Joel faz parte, portanto, de uma estirpe consagrada; não obstante, tem o mérito de alcançar relevância significativa, visto que traz em si um frescor inquestionável. Com efeito, o livro de Victor Vasconcellos, ao mesclar humor e melancolia, sarcasmo e atordoamento, consegue traçar com o leitor um efetivo pacto de empatia, de maneira que é difícil não se deixar comover com a saga do protagonista. Não que essa trajetória seja heroica ou cheia de acontecimentos soberbos. Antes, os quatro dias de Joel narrados no texto são preenchidos pelas pequenezas do cotidiano: do interesse por uma garota do colégio a um mergulho no mar, passando pelas vicissitudes econômicas que vivencia por conta da separação dos pais, tudo é minúsculo e gigantesco ao mesmo tempo. É dessa aparente simplicidade que o autor retira o sumo das emoções do texto.

É importante também ressaltar que a obra faz uso de um narrador onisciente que, se não chega a dialogar diretamente com o leitor, tal qual o paradigma machadiano, faz uso de uma seleção vocabular na qual acaba por revelar uma dose significativa de humor. Vai daí que, numa obra na qual a depressão é um dos principais vetores de interesse, as passagens algo sombrias do texto são soterradas por uma construção textual que investe, muitas vezes, na ironia. O narrador, ao acompanhar Joel em todos os seus passos, age como se estivesse com uma câmera colada ao ombro do protagonista. Essa imagem, a propósito, ressalta o caráter algo "cinematográfico" do livro. Joel desloca-se pela cidade, e é fielmente acompanhado pelo narrador, ao mesmo tempo em que este mergulha em todas as contradições do protagonista.

Durante o Ensino Médio, talvez você já tenha escutado a palavra "flâneur". O termo, de origem francesa, pode ser traduzido como "errante", "caminhante", "observador" e ficou popularizado no universo literário do século XIX. Victor Vasconcellos tem o mérito de, no contexto de sua obra, ressignificar o sentido do vocábulo para o mundo contemporâneo. Certamente você notou o prazer que Joel tem de passear pela cidade, deliciando-se com construções, vias, pessoas. Não por acaso, numa das últimas conversas com a Caloura no livro, ela afirma ao jovem: "É. Eu já reparei que você fica toda hora olhando a rua, os prédios, a calçada. Você adora a rua. Impressionante." Esse intenso interesse em olhar aguçadamente o mundo ao redor vai, finalmente, proporcionar a Joel a solução para um dos dilemas enfrentados por ele no decorrer da história: a escolha profissional.

Joel transita pelo Rio de Janeiro, uma das cidades que mais serviu de cenário para a Literatura Brasileira. No entanto, **Quatro dias na vida de Joel** foge do clichê mar – sol – montanha que acabou por caracterizar a cidade. Com exceção de uma breve passagem pela praia de Copacabana, o Rio de Joel é aquele dos subúrbios, da linha de trem, das "casas simples com cadeiras na calçada", como já bem cantou Chico Buarque na canção "Gente Humilde". Nesse sentido, o livro remete com extrema felicidade à produção de escritores como Nelson Rodrigues e Lima Barreto, que também privilegiaram em suas obras os espaços desprivilegiados e desglamourizados da antiga capital brasileira.

O TEXTO LITERÁRIO E O NÃO LITERÁRIO

Quando lemos ou escrevemos um texto, devemos perceber que a informação por ele transmitida deve estar adequada à sua finalidade. De uma forma mais geral, podemos dividir os textos em literários e não literários.

O texto literário possui uma função estética, ou seja, que trabalhe com as sensações e formas com que ele se apresenta ao leitor, recorrendo à função poética ou emotiva para se conectar aos sentimentos dos leitores e recriando uma realidade subjetiva. Esse também se utiliza de diversas figuras de linguagem e a função conotativa da língua.

O texto não literário tem como função principal fornecer uma informação. Para isso, a função de sua linguagem é denotativa, relatando fatos reais de forma impessoal. Esse tipo de texto não faz uso de figuras de linguagem para não dar margem a outros tipos de interpretação pelo seu interlocutor, para não prejudicar o entendimento da sua mensagem.

GÊNERO

Quatro dias na vida de Joel é um romance... no decorrer da narrativa, você observou a aproximação do protagonista pela Caloura, mas atenção: não é esse o fato que determina o ingresso do livro no referido gênero. Vale dizer então que é importante esclarecer o uso da palavra "romance" em contextos e suportes diferenciados. Quando você acessa um serviço de *streaming*, por exemplo, a palavra "romance" está associada a obras cujas temáticas obrigatoriamente estão relacionadas a enlaces sentimentais que vão se desenvolver no decorrer da narrativa. Porém, o romance enquanto gênero literário não tem nenhuma relação com a temática amorosa. Que fique claro então para você: o termo "romance" pode ser usada em várias acepções, dentre elas, a temática ou o gênero de uma obra. O senso comum acabou por relacionar a palavra à "história de amor", mas a verdade é que, tratando especificamente do universo literário, o romance constitui um gênero cujos textos não precisam estar ligados apenas ao campo do sentimentalismo. Por isso mesmo, existem diversos tipos de romance: romance policial, romance de mistério, romance de suspense, dentre vários outros. Trata-se, sobretudo, de um texto longo, com um número maior de personagens do que teria um conto, por exemplo, e que, em geral, conta histórias que se passam em espaços diversificados.

A história de **Quatro dias na vida de Joel** se passa na sociedade contemporânea. O romance aborda atitudes e comportamentos típicos do século XXI, além de tratar de temáticas próprias da nossa época. Além das preocupações com a questão da carreira, realidade tão comum a jovens como você, o livro também toca em assuntos comuns da nossa sociedade: separação dos pais, violência doméstica, dificuldades financeiras, adoecimento psíquico. Todas essas situações se sucedem no itinerário vivido por Joel durante os quatro turbulentos dias em que o leitor o acompanha.

No decorrer da narrativa, o leitor observa que a dor na pele do dedo, autoimpingida pelo protagonista na cena que abre a história, espraia-se e finalmente explode. A partir dos ferimentos emocionais que emergem, Joel e o leitor chegam a uma dura conclusão: os machucados da vida fazem parte do processo de amadurecimento. O livro é construído a partir de uma estrutura fictícia tradicional, com início, meio e fim. Daí resulta o fato de que o leitor não tem muita dificuldade em identificar bem claramente o enredo, as personagens, o espaço, o tempo, o ponto de vista da narrativa (narrador), elementos básicos que caracterizam o romance. E cada um desses elementos contribui de maneira fundamental para a narrativa como um todo.

Vamos a eles!

ENREDO OU TRAMA

Quem disse que os pequenos fatos do cotidiano não podem gerar uma bela obra de arte? No filme *Sociedade dos poetas mortos* (1989), em uma de suas inspiradoras aulas, o professor John Keating faz a seguinte assertiva à classe: "A poesia mais bonita pode ser sobre coisas simples, como um gato, uma flor ou a chuva. Pode surgir poesia de qualquer coisa que possua vida. Só não deixe seus poemas serem banais". Por outro lado, vale a pena ressaltar que a impressão de simplicidade é alcançada após um esforço estético tremendo. Em outras palavras, para atingir competentemente o mínimo, o autor, paradoxalmente, precisa lançar mão de uma complexidade vasta de seus arsenais artísticos.

Enquanto Joel lida com a depressão da mãe e a incerteza com relação à carreira a ser escolhida, o final do Ensino Médio lhe traz diversas surpresas. O livro tem início com o abandono da casa pela figura paterna e a posterior constatação, por parte de Joel, de que o conforto financeiro faz parte do passado. Entram em cena dilemas como a dificuldade na conciliação estudo/trabalho e os conflitos interiores de Joel, que ora irrita-se com a letargia da mãe ora se sente penalizado por sua situação de vida. Ambiguidade semelhante se dá no que diz respeito aos sentimentos nutridos pelo pai: em alguns momentos, o jovem compreende que a vida em casa estava insuportável, em outros, espanta-se com o egoísmo do genitor que, além de já ter arrumado outra companheira, informa ao filho que não terá mais condições de dar-lhe suporte financeiro.

Quatro dias na vida de Joel não é um livro que vai revolucionar a arte literária: sua trama é linear, o enredo conta com um núcleo limitado de personagens. Desses recursos aparentemente escassos, no entanto, o autor logra construir uma narrativa em que emergem situações doloridas e angustiantes, por um lado, e eivadas de um humor insuspeito, por outro. Nesse sentido, o sarcasmo emerge como elemento balsâmico para amenizar as feridas existenciais das personagens. Entra então em cena uma personagem secundária fundamental: o amigo Leo, cujos diálogos com o protagonista concedem ao texto uma leveza que evita a dramaticidade a todo custo. Leo redimensiona os problemas de Joel, usa do humor para evitar a autopiedade e oferece ao amigo a chave para recuperar o equilíbrio perdido.

Personagens:
O livro de Victor Vasconcellos concentra sua narrativa nas personagens que giram ao redor do protagonista. Esse procedimento é fundamental para que Joel e a câmera invisível que o acompanha passeie por eles, dando-lhes, em determinadas passagens da narrativa, a oportunidade de terem o seu devido destaque.
Além do núcleo familiar de Joel, possuem relevância significativa as personagens que fazem parte do seu entorno no ambiente escolar e, mais tarde, os colegas de trabalho na livraria do aeroporto. De uma forma ou de outra, entretanto, todos eles contribuem

para a estrutura do romance. Sua presença não é gratuita; antes, ajudam a impulsionar o desenvolvimento da narrativa.

Narrador:
É quem conta a história! No caso de **Quatro dias na vida de Joel**, o narrador é observador de 3ª pessoa. O livro assume as influências da linguagem audiovisual, de modo que este narrador parece acompanhar toda a movimentação de Joel no decorrer do livro. A escolha lexical empreendida pelo autor dá a este narrador uma coloquialidade evidente, o que confere ao texto um ar leve e descompromissado. O resultado é uma leitura agradável e divertida, ao mesmo tempo que emocionante e comovente.

Tempo:
Se alguma vez você, estudante, teve dúvida do que é o chamado "tempo psicológico", **Quatro dias na vida de Joel** é uma lição prática para a compreensão dessa categoria narrativa. Sendo assim, apesar de o elemento cronológico ficar em evidência no título da obra, é a movimentação interior das personagens, em especial, o protagonista Joel, que vai dar sentido à progressão textual. Nesse sentido, o tempo cronológico acaba perdendo força, em função do vigor que o tempo psicológico assume na estrutura narrativa.

Espaço:
O romance, por ser um texto narrativo ficcional de longa extensão, em geral possui uma variabilidade de espaços relevante.

Em **Quatro dias na vida de Joel**, o espaço físico acaba por assumir significações simbólicas relevantes na estrutura do texto. Além do já mencionado perfil flâneur do protagonista e da importância de um romance, no século XXI, retomar os espaços descritos por Lima Barreto há cerca de cem anos, é importante ressaltar que uma das chaves principais do enredo tem como elemento fundamental a preocupação com o espaço. Vai daí que é esse elemento da narrativa que, enfim, vai resolucionar uma das preocupações de Joel na história: a dúvida com relação à escolha da carreira.

Ao final desse material, é importante ressaltar que ele foi feito para ajudar na sua compreensão e análise do livro. Tomara que **Quatro dias na vida de Joel** tenha despertado questões para você debater com seus amigos, pais e professores.

Boa conversa!

Paratexto elaborado por **Cristiane Madanêlo de Oliveira:** Possui graduação em Bacharelado em Letras - UFRJ - Faculdade de Letras (1995), graduação em Licenciatura em Letras - UFRJ - Faculdade de Educação (1997) e mestrado em Letras (Letras Vernáculas) pela Universidade Federal do Rio de Janeiro (2006), doutoranda em Literatura Comparada pela Universidade Federal Fluminense (desde 2011). Atualmente é docente de Ensino Básico Técnico e Tecnológico do Colégio de Aplicação - UFRJ., atuando também em nível de pós-graduação lato senso no Curso de Especialização Saberes e Práticas na Educação Básica e Curso de Especialização em Literatura Infantil e Juvenil, ambos na UFRJ e no Curso de Especialização em Literatura Infantil e Juvenil na Universidade Católica de Petrópolis e na Universidade Cândido Mendes.